如果爱 请深爱

《知音女孩》爱情小小说系列

知音传媒集团《知音女孩》编辑部 编

执行主编：沈永新

中国青年出版社

目录 content

目录 content

目录 content

台北从此没有了自然卷
邮箱情人
爱老虎油是一种什么油？

少根筋的女生
好久没有人抱我了
奶牛小姐快接收我的电波

Natural crimp

台北从此没有了{自然卷}

Natural crimp

龙信

我只知道火车不能往回开，却真的不知道，我可以在某一站下来，坐上回程的车，再见心里的那个人，告诉他我真心实意的喜欢他。

【女孩大了麻烦，防火，防盗，防走光】

这个城市一夜之间开了无数家卖鸭脖子的小店。一样的门面，一样的装修，一样光鲜粗壮的鸭脖子。关键是所有鸭脖子都能把人辣得像舌头很长的吊死鬼。可是他们还是在外面排长队购买，一边吃，一边说，好吃啊好吃啊。

他们说好吃的时候，我就站在凯旋路和解放路交汇处的鸭脖子店内嘿嘿傻笑。一只鸭子，脖子可以卖，肝可以卖，腿可以卖，鸭架可以卖，剩下鸭屁股没人要。每天下班，我会分到一堆鸭屁股。我常常提着半袋鸭屁股给杜飞家的狗大毛。大毛长得像兔子和熊的混合体，每次吃这鸭屁股，都会辣得直哆嗦。

每次，他的主人，我高中同学，现在外语学院英语系的校草杜飞就会说："林小诺，你能不能积点德。"

"关你P事啊，没有听到大毛吃了鸭屁股，叫声响亮吗？"我摸摸大毛，辣得不成样子的家伙还要欢快地对我摇尾巴。

这一回，看见我提了半袋子鸭屁股，杜飞依旧说："不要虐待我的狗了。"

我很想说，你懂个P啊，却连忙住口。他家的葡萄架下站着一个看起来很知性的女孩。旁边放着一袋康多乐狗粮。

晚上，我爬到我家小阳台，看到那个小知性不断给大毛喂水。一边说辣坏了吧，一边抚摩大毛的毛。我能说什么呢，不过是哎一声，提心吊胆地夹着裙子下了楼梯，女孩大了就是麻烦，防火，防盗，防走光。

【这个世界上，有槟榔西施、豆腐西施，还有鸭脖子西施】

我高中毕业以后就没有再念下去了。找了一个看上去很不怎么样的男生带回家，告诉我妈说，我要谈恋爱，读书有P用。我知道我妈会同意的，这个世界上并不是所有人都有资格饭来张口。至少我不能，家里没有钱，我妈也懂，也就只能睁一只眼闭一只眼。

我在街角请那个男生喝了一杯珍珠奶茶就让他走了。第二天，我去了鸭脖子店上班。第一次剁鸭子，忘记戴手套，手被辣得像大香肠，即便这样，日子还是快乐的。和送外卖的小帅哥调调情，和一起工作的小美女聊聊知心话。更重要的是，这个世界上，有槟榔西施、豆腐西施，而我被他们称为鸭脖子西施。

鸭脖子西施，听起来像脖子很长的美女。

我以为可以就这样卖鸭脖子卖到28岁，然后找个人结婚生子，可是错了，我还不到20岁，就非常不想卖鸭脖子了。我后悔没有去上大学，否则也可以和杜飞的女朋友那样看起来非常知性。

为什么要攀比？还不是为了杜飞。说酸一点儿我们青梅竹马，高中毕业，他喝醉了酒，对我说过："小诺，我们能不能在一起？"我记得当夜我捉了很多萤火虫，放在瓶子里，那瓶发光体映红了我的脸。我整夜未眠，闭上眼睛就是杜飞那张青春无敌的脸。现在看看小知性，再想想当年，我这个人就那么傻，能把酒话当真话。

如果一件东西，摆在那里没有人要，你不会介意，也不会觉察它。如果有人要了，你就会非常介意，并且好端端地想出无数条它的好来。这个道理我懂，可是我在看自己，林小诺，你有什么优势，长得俗气，穿得俗气，思想俗气，就连那些小姐妹也会不时给我介绍男友，通常是修车的李大毛，做灭火器的小林，还有离异的二手老男人。

通常人们给女孩介绍的男人类型大致就能看出这个女孩在人们心中的价值。

这一点，我深信不疑。

【谁让我自己人微言轻，力不从心】

杜飞大二的时候，玩心大起，想组织一个乐队。玩乐队谁不会，是人都会。我在KTV唱歌时就是KTV女皇、麦霸。我夸下了海口，我要当主唱。

杜飞说，那叫什么乐队好呢，我说就叫自然卷吧。向天发誓，我当时绝对不知道有个叫自然卷的乐队在台北，人家出过好多张唱片，玩票也能玩到获得台湾金曲奖。我当时只是想到了杜飞家的大毛，身上漂亮的自然卷。

自然卷本来有3个队员，后来有个家伙谈恋爱去了，只剩下我和会弹点吉他的杜飞。不对，还有那个永远是观众，却永远扮演着监制、指挥、现场导演角色的小知性。

忘了说，我已经承认小知性是杜飞的女朋友了，不承认有什么办法，谁让我自己人微言轻，力不从心。

我们好不容易排练一首歌，其中有几句英文，我唱到一半。"不标准，不标准，不标准！"小知性说着，走过来，大声纠正，"FISH，而不是FESH！"

我委屈得要哭，可还要板起脸装老大，我说："那你来，你来，你来啊。"

小知性不睬我，说："再来一次。"

再来一次，我还是唱错了，她一把扔掉书："这样没办法练了。有些人不配合。"

这里就3个人，有些人就是我。其实我知道，她不爽我已经很久了。她看不惯我在排练时的表现，觉得我身段很妖娆，老流露出一股要勾引人的架势，她也看不惯我对杜飞的照顾。她想赶走我，所以鸡蛋里面挑骨头。

【外表风骚内心清纯的人最吃亏】

我们去演出，就在小台北酒吧。小台北是王哥的场，王哥是我卖鸭脖子时认识的。当时王哥看到我在那里和一堆鸭子的器官人面鸭子相映红，言不由衷地说："我以为是多大的西施呢。"我一点儿也不生气，笑一笑："好歹也是卖鸭脖子的。"王哥可能就看重我的自嘲，带我去了好几次小台北。

去小台北的时候，我也没有必要装清纯，别人看得起你是因为那一丁点儿小幽默，如果你以为自己淑女才是王道，那就太不知趣了。所以我常常喜欢对着清醇嘉士伯吹喇叭，一个小包厢的人就鼓掌大笑，歌舞升平的样子。我吹完了一支，抹抹嘴，比舒淇还要性感。我不知道王哥是不是想换换口味，反正当他的手搭在我的腿上，在我耳朵边吹气，说："今天晚上别回去了吧。"我脑袋里第一个出现的人不是我那道德感很强的妈妈，而是那个被萤火虫的光芒照亮的少年的脸。

我也不知道自己为什么要矜持，既然我们都长大了，就应该都有各自的对象，死皮赖脸活在那些摇摇欲坠的记忆里就是一个无赖。那么面对一个混得还不错的男人的请求我就没有必要拒绝。只是那天，我对满眼期待的王哥说："我喝酒喝多了，先去趟厕所。"

外表风骚内心清纯的人最吃亏，被吃了豆腐还要装无所谓。

那天我径直出了门，回了家。再也不想去小台北。后来有了自然卷，后来王哥又来买鸭脖子。后来我对王哥说："我想去你那儿演出。"

我把去小台北演出的消息告诉杜飞，小知性在旁边说："你还真有能耐。"她哪儿不好盯，偏偏盯在我小兔子一样的咪咪上，搞得我像被潜规则了一样。

我忍着，谁让她是杜飞的女朋友。

我们去小台北的第一晚，王哥请我们喝酒，我介绍说这是杜飞，我还没有介绍小知性，她已经一点也不知性地早把手伸了出去："王哥，我早就听说过你。"

正如我说过，外表风骚内心清纯的人最吃亏，被吃了豆腐还要装无所谓。而外表知性内心闷骚的人常常狂野起来也足够纯洁。

这些话我当然不敢告诉杜飞，我只告诉大毛，在它被辣得绝望又欢喜的时候。

至于小台北的那些晚上，我想当我老到眼睛白内障，耳朵失聪的时候也永远不会忘记那些美妙。在小小的舞台上，音响很破，灯光也不好，却可以尽情唱歌。我们唱《你的样子》《恋曲1990》、唱《星星堆满天》，如果有人要求还会唱《广岛之恋》。偶尔唱到默契时我们还会对望一眼。那样的氛围里人生没有遗憾，没有伤感，像奇妙的迪斯尼音乐剧，演着演着就能让人相信童话。

我知道杜飞心地善良，也正是这一点，我才从小到大一直念念不忘。有那么一回，演出的间隙，我看见王哥把手放在小知性的腿上，我还没有告诉杜飞，小知性却已经恶人先告状。

那天，杜飞找到我说："小诺，我听说我们在这里演出是你每天晚上和王哥睡觉才得来的。"

我就是在那一次开始彻底痛哭的。我委屈得不行，却无法解释。无中生有的造谣彻底毁了杜飞心里的我。

"你可以滚了，没有尊严的女人。"

自然卷从那一天开始永远解散。

【北上的火车上，我的悲伤逆流成河】

我继续在路口小店卖我的鸭脖子，广东老板说做得好可以自己开一家，你长得靓，生意一定好。我麻木不仁地听着，狠狠剁着那些无辜的鸭脖子。店里的伙计说，我们的西施不高兴，要不介绍个对象。我就去见了积压在那里的修车李大毛，做灭火器的小林，还有离异的二手老男人。我见了那么多他们，独独没有见杜飞。

杜飞是后来才自己知道错怪我了，因为他去小台北喝闷酒的时候，看着小知性在王哥的怀里笑得春风得意。真正和王哥睡觉的并不是我。

很久以后，在一次我下班以后他悄悄从后面抱住了我。我不动，只感觉后背一阵冰凉，转过身，他泪流满面。

那个晚上，时间像倒流回毕业的夜晚，杜飞用未曾变过的声音说："小诺，转了一圈，我发现还是你最好，我们能不能在一起？"

我想只要我点点头，一切幸福就会接踵而至。可我说的是，我怎么会喜欢你呢。

长大以后，我知道我那该死的倔强几乎要了我的命。可是在那年那时那一刻，我真的只能这样回答。小知性已经将我所有的自尊心全部打倒，我没有能力去承认自己内心的喜欢，而只有勇气说出这样一句言不由衷的话。甚至为了证明更真实，我还说："我喜欢你不如王哥，有钱，有势，你什么都没有。"

杜飞逃走了。事实上，我知道，我就这样把自己的感情狠狠剁下来，当成了一文不值的鸭屁股，可能也只有吃到的那只狗才会知道，这些一文不值的东西其实也没有少花工夫，一样能够辣出真心实意的眼。

我没有再多解释，就要去北京了。

妈妈给的最后一点儿钱，说让我去北京学音乐。她曾经去过小台北，看我演唱过，觉得还算有天赋。我在去北京的火车上买了一本《当代歌坛》，里面介绍了一个台北叫自然卷的乐队解散的消息。这两位台湾土生土长的年轻人，因为他们的头发都是自然卷，所以索性将组合的名字就叫做自然卷。乐队的主唱叫娃娃，另一个叫奇哥。唱了几年的歌，奇哥想退出娱乐圈，而娃娃的嗓音也出了点小问题……书里说，再也听不到那些清新的声音了。

我以为我会有小伤感，事实上我错了，在北上的火车上，我的悲伤逆流成河，我跨过了长江黄河，我在火车上像个哑巴，我怕自己一张口就会泣不成声。

我只知道火车不能往回开，却真的不知道，我可以在某一站下来，坐上回程的车，再见心里的那个人，告诉他我真心实意的喜欢他。

【小台北没有了自然卷已经好多年，好多年】

现在我在北京，SOHO，自由职业，偶尔做一些演出宣传，听起来很炫的样子。每天会化看上去很美的妆，不过是为了掩饰永远卸不下来的黑眼圈。一般和别人聊天时也会说《老鼠爱大米》真俗气，可是，内心知道，如果能写出这样一首歌就发了。也恋爱，和那些精英剩男在CBD的餐厅吃难吃的意大利面，却再也无法在任何一个人的额头上看见光芒。每一次在镜子面前看那张被压力打击得龇牙咧嘴的脸，都拼命地想，老娘还没有恋爱过呢，怎么就老得一塌糊涂了。

北京那么多人，我常常走着走着就孤单得想回到小城市卖我的鸭脖子。

2007年冬天到了，有个网友给我传来一首歌。女生的声音很卡通，男生的声音很性感，他们唱着："答应要一个人生活/有没有把握/不会泪流/答应要一个人走/有没有把握/无论多久/心还是热的"。

我说："什么乐队，兄妹二人组？"

"去你的，这是台北的自然卷，就是给玉兰油广告做配乐的自然卷。"

杜飞，网友不知道我为什么悄悄下线，再也没有说话。是的，听到自然卷，就会想起我们的自然卷，就会想起我们在小城组织乐队的小时光。数一数，时间过得真快。转眼已到2008年，只是那个灯光明媚的小台北没有了自然卷已经好多年，好多年。

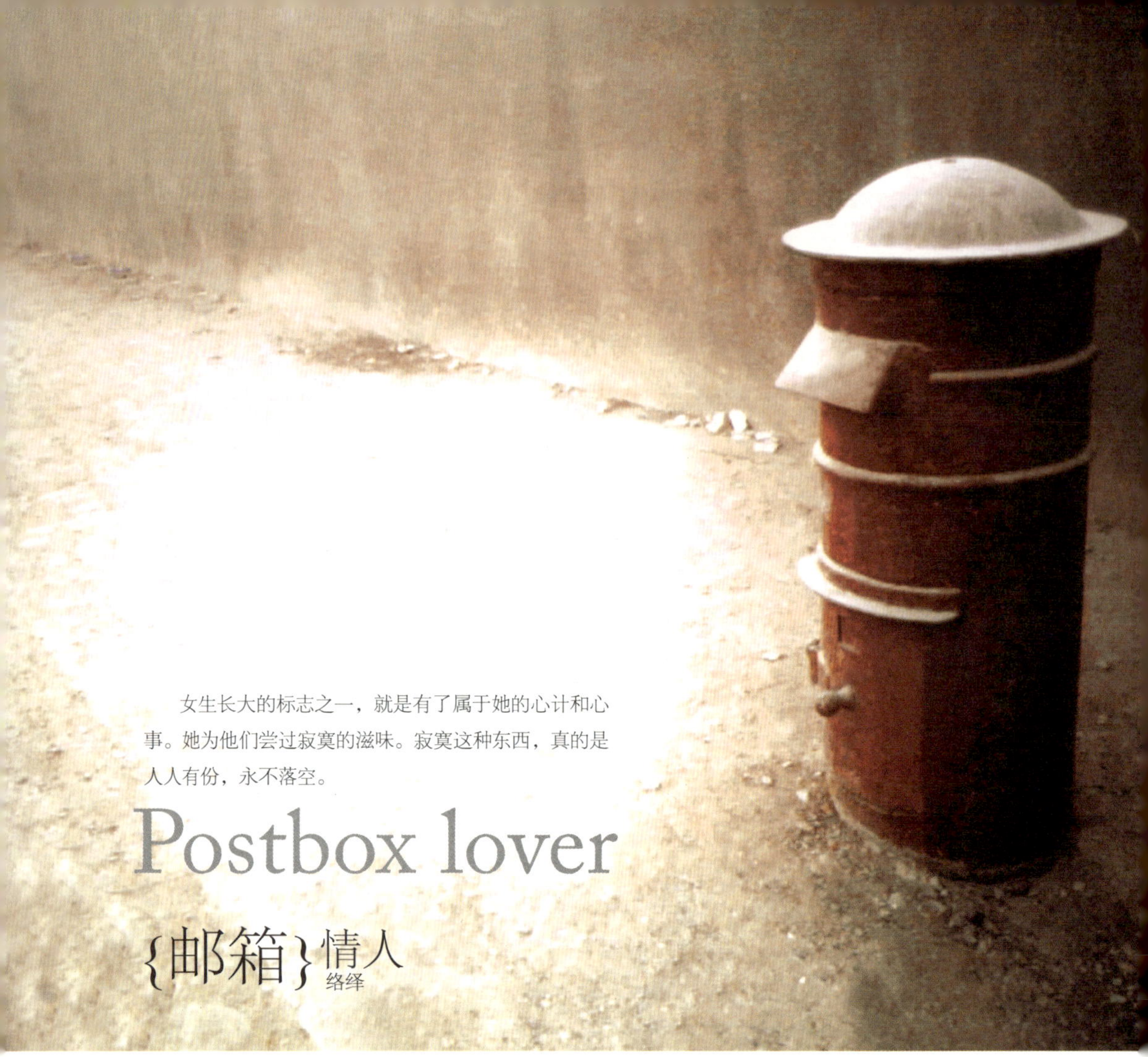

女生长大的标志之一，就是有了属于她的心计和心事。她为他们尝过寂寞的滋味。寂寞这种东西，真的是人人有份，永不落空。

Postbox lover

{邮箱}情人

络绎

【从一条红裙子开始】

最近江丰丰死都不肯写信来了。

何止呀，就连孙小满给他打电话，他都很不耐烦地说忙啊忙啊。孙小满醒悟了，江丰丰是不是要和我分手呀？

不可能吧？真要分手怎么也该通知我一声啊！孙小满有点糊涂，但是她坚信分手是一件非常丢脸的事，尤其是当外界都很关注这段恋情的时候。

谁说不是呢？至少同宿舍的另外3个女生都羡慕她有个深圳的男朋友，将来说不定可以嫁鸡随鸡搬到那边，喝老火汤，讲广东话，做特区人，隔三差五出关血拼，回来就冲上BBS发帖，指导工薪阶层多快好省地开展香港自由行……孙小满一直觉得这种生活离她并不遥远，所以无论如何她也不能说分手就分手。她决定上淘宝买下那条很久以前就看中的红裙子。店主说该裙可以让女生拥有小美人鱼一样的轻盈体态。

如果我穿上那条红裙子去找他，情况一定会不一样了吧，孙小满心想。

【邮箱情人】

红裙子贵得不像话，一口价580块，孙小满鼓励自己：我这不是败家，我是投资啊，一咬牙一闭眼付了款，卡上还剩下可怜巴巴的20块，孙小满心想不如一起花了干净，顺着店铺链接就进了另外一家杂货铺。有一个宝贝叫邮箱情人，听名字完全猜不到是什么，标价刚好是20块，孙小满决定点开来看看——

邮箱情人是一份很古怪的商品，与爱情无关，只是书信，分为XS/S/M/L/XL 5个号码，20块是M号的价格，最小的XS号只要5块钱，长度是1页纸……需要说明的是：信的内容完全随机，不接受买家定做。

孙小满立刻被这份宝贝介绍给打动了！更重要的是，这是一个深圳卖家开的店，孙小满甚至有些怀疑店主就是坏蛋江丰丰，之所以不肯给她写信，正是因为能在这里卖上一个好价钱。她毫不犹豫地拍下了一个邮箱情人，兴奋了一阵之后又担心店主是个骗子，连忙留言给他：我要一个XS号的邮箱情人，请退还我15元！

【寂寞的信】

两天以后，孙小满就收到了一封薄薄的挂号信。

室友把信交给孙小满的时候向她眨眼"深圳那位又写信来啦！"

孙小满快乐地抢过信，只看了一眼信封就大失所望，深圳倒是深圳，地址却和江丰丰的风马牛不相及，不过她突然想到一个好主意，只要她坚持购买邮箱情人，就算江丰丰真的和她分手，别人也发现不了。

发货还真快，孙小满一边想着一边拆开了信。字是用蓝色荧光笔写的，胖乎乎的没棱角，像是出自小朋友之手，内容却苦大仇深：

嗨，你好吗？我不太好。

今天以前的女朋友结婚了，我酸溜溜地打电话："今生祝你幸福，希望下辈子不要再被造化捉弄，下辈子，嫁给我好吗？"

她说："不行，我和老公说好了，下辈子我们还在一起。"

不愧是XS号的信，短到甚至连称谓和落款都没有，孙小满却觉得这是一封言简意赅，短小精悍，又有点伤感的信，5块钱真超值。

孙小满回了蛮长的信开导他，使用了很多强有力的惊叹号，什么"10步之内必有芳草！"、"大丈夫何患无妻！"、"男子汉不在一棵树上吊死！"后来她突然想起自己也是个濒临失恋的人，底气一下子没那么足了，"同是天涯沦落人，相逢何必曾相识。"孙小满惆怅地写道。

【唯利是图的小商人】

信寄出去很久，对方也没有回音，孙小满急了：该不会想不开自寻短见了吧？她用一台百毒缠身的破烂电脑千辛万苦下载了淘宝旺旺，刚准备给他留言，却赫然发现此人在线。孙小满连忙隐身，和一个洞悉自己秘密的人当面锣对面鼓一定会让他觉得不自在吧。

忍了半天，那人一直没下线，孙小满终于忍不住问："喂，你还好吗？为什么没有回信？"

那边发来一个愕然的表情，"我记得你只拍了一个邮箱情人。"

"可是我回了5页纸的信！"

“抱歉呀，本店小本生意，不接受以物易物。”

哇哇哇，这个唯利是图的小商人！孙小满气急败坏地想，人家将心换心竟然被他当成以物易物！孙小满越想越觉得不值，哼，既然他甘做金钱的奴隶，我就要用金钱来奴役他！于是她气呼呼地跑去又拍下一个XS号的邮箱情人，恶狠狠地说：“快点儿发货，晚了向淘宝投诉你！”

信很快来了，依然是胖乎乎的童体字写着短短几句话，不过大概对老主顾有优惠政策，这一次加上了称谓和落款：

孙小满：

你好，谢谢你的信。本店上新品啦，代卖一个男孩子午夜两点的寂寞心情。男孩寂寞，因为他爱上了一个女孩，可是很不巧，他不能够爱她，因为他已经有一个女朋友了。他只好托我帮他卖掉这份价格便宜，量又很足的寂寞，你需要吗？

疯子

真是够疯的！我才不会傻到去买寂寞，孙小满一边喝牛奶一边想，除非，除非这个是江丰丰的寂寞心情。她突然被牛奶呛了一下，会不会真的是他呢？

【感谢淘宝】

这样通信也有一阵子了，信的内容果真够随机的，有时候是简单的问候，有时候是一则心灵鸡汤，有时候只是一个笑话，孙小满看着那些字，想象着江丰丰的厚嘴唇正在一开一合，她就人戏不分地上瘾了。她挥金如土地拍下一个又一个邮箱情人，望穿秋水地等待着深圳那边的来信。疯子的信偶尔寄晚了，孙小满威胁他会投诉加差评。看他无可奈何地赶紧寄过来，孙小满就很得意，觉得自己有法子治他。

这是第一件需要感谢淘宝网的事。

室友请孙小满的“深圳男朋友”帮她们带香港化妆品，列了长长清单给她，孙小满满口答应，后脚就上淘宝找人代购，自己掏钱贴补代购费，化妆品很快自深圳寄到，室友们边拆包装边鬼叫，把她的“二十四孝男友”捧上了天。

这是第二件需要感谢淘宝网的事。

孙小满踌躇满志地想，只要有淘宝我什么都能搞得定！

【我让你更寂寞了】

其实疯子也不是那么市侩的。从第七封信开始，他表示了对孙小满的一点儿关心，譬如“台风要来啦，出门别忘了带伞。”“失眠就喝红糖小米粥啦。”第十二封信开始，他连名带姓称呼孙小满，“为什么总在高数课上写信呢？孙小满你的数学一定很差。”第二十三封信开始，好像有些不同了，“孙小满你写这么长的信胳膊会不会脱臼？哪天来深圳我帮你看看，其实我的本行是跌打师傅。”“还记得我跟你说过的那份寂寞心情吗？放在店里一直卖不掉，我打算自己把它买下来了。”

看见最后这句话时，孙小满脸一红，心一跳，他什么意思啊他？

孙小满过生日的时候，大手笔拍下了XL号的“邮箱情人”，想着疯子至少要写整整一个晚上，就有一种他这个晚上都被她包下的得意，有钱真好啊！

等了两天，寄过来的信果然够厚够重，打开是一个MP4，文字则是一份产品说明书——

存储容量：2G/蓝牙功能：有/音频格式：MP4, WMA, OGG

Hora de Abertura
Dias Úteis Sáb
16H00
20

这也太欺负人了！太不把孙小满当回事了！孙小满突然想到一个借钱的故事，有一个人经常向另外一个人借钱，开始只借一点点，并且总是按时归还，终于有一天，借了一笔巨款之后这个人就彻底销声匿迹了。

孙小满冲上淘宝旺旺，咬牙切齿地说：“我要求退款！”

“说了信的内容随机的啦。”疯子说。

“那我要投诉加差评！”孙小满使出杀手锏。

疯子说：“我要结婚了。”结婚？孙小满的第一反应是去他店里拍下很多很多的邮箱情人，她要他忙得没有时间结婚。

“不要再拍了，我就要关闭这个店铺了。”

孙小满蒙了，她这才发现，一直以来，自己倚仗的一切都是这么不堪一击。和尚跑了，连庙也跑了。

“孙小满？”

孙小满一句话也说不出来。隔了很久，疯子说：“对不起，我让你更寂寞了。”

【寂寞人人有份】

那年夏天，孙小满终于穿着红裙子站在了深圳街头。她手里捏着两个地址，可是她哪里也没有去。只要不去，孙小满就会一直相信，她在深圳不是举目无亲，她有两个地方可以投靠。

孙小满站在街头听疯子寄给她的那个MP4，孙小满上网查了价格，疯子真的把钱全部退还给她了，他还倒贴了一点儿钱。

MP4里有她和疯子全部的通信内容，还有一首歌——每一个晚上，我将会远望，无涯星海，点点星光……

孙小满相信，至少有几个晚上疯子也曾经因为她而感觉到寂寞。

那么江丰丰呢？她到现在还有些怀疑他们是同一个人。但是她不打算揭穿他们。女生长大的标志之一，就是有了属于她的心计和心事。

她为他们尝过寂寞的滋味。他们呢，多少也为她尝过一点吧。

她想哭，又觉得没什么好哭的。

寂寞这种东西，真的是人人有份，永不落空。

【后来】

孙小满也开了个店，出售一个女孩的寂寞心情。

销路不太好，因为顾客总会问：“你是一个漂亮女孩吗？”

如果是一个漂亮女孩的话，当然有很多人愿意分享她的心情。

孙小满只是一个长相普通的女孩，她的心情只能卖得便宜一点儿。

你需要这份寂寞心情吗？如果需要，请写信给我，我会告诉你孙小满的网店地址。

I love you {爱老虎油} 是一种什么油？

I love you

蒋明

世界上最珍贵的油是什么油？这是一个冷笑话。答案是：爱老虎油。I love you. 爱老虎油。

【坠入秋天的湖中】

2007年10月，正值秋天。固力果在城市的湖里游泳，不幸被水草缠住脚踝，几乎丧命。有一个男生救了她，那是在湖边玩直排轮的英俊少年。

那天晚上固力果一直跟在救命恩人的身后，一步一叩首地表达她的感激："我想请你吃饭，可是我没有钱，你可以先借我钱吗？"

"凭什么啊？"少年说，忍不住笑了起来。他的笑容里有种清苦的憨态，那是朴素的灵魂在某一瞬间不小心地袒露。对于固力果来说，这个笑容具有强大的杀伤力。"因为，我是真心想请你吃饭，只是我没钱，但这不表示我不真心，所以还要请你帮忙实现我的心愿。"

他被她奇怪的逻辑弄蒙了，但他想了想，决定不和她计较，另一方面，也是为了彻底摆脱这个疯丫头的纠缠。他决定带她去吃批萨，不就是一顿饭么！

固力果铲下一块三角形的P萨，田园蔬菜P萨香气四溢，这正是她的最爱。吃得开心，难免话多，她开始啰啰唆唆地告诉对面的人"固力果"这个名字的来历。

"这是一种糖果，在岩井俊二的电影里，有一个女生喜欢这种糖，就叫自己固力果。她在胸前文着凤尾蝶，尖着嗓子唱《My Way》。嗯！在她身上，我看见与命运斗争的痕迹，还有，对生命的热爱……据说每一颗固力果的热量正好是15.4千卡，刚好是足够跑步300米的能量。当然，这是说一个高度165厘米，体重55公斤的人在一分钟内跑过160米可燃烧8.21千卡卡路里计算，在1.88分钟后应可跑过300米并燃烧15.4千卡……"

对面的人听得很不耐烦。可能是因为他爱看美国大片，不喜欢岩井俊二的小情小调，并且，还有最重要的一点，他仇日。于是他转移了话题，问那长着两只招风耳的女孩："你为什么在这种季节游泳？这可是秋天啊，你不怕冷吗？"

固力果低头不语，再抬起头，她眼睛里滚动着水晶一样的小光芒，她说："这是一个秘密，一个秘密！"

【忧郁的芭比娃娃】

交换了联系方式以后，两人就算是认识了。固力果往手机上输入他的名字，"肖璞？你叫肖璞？"她瞪着面前的男生，就好像他撒了个弥天大谎。

"没错啊，我叫肖璞，怎么了？"他无辜地反问，对这陌生女孩最后一点耐心就快要用尽了。

"没怎么，没怎么。"固力果压抑住她即将暴发的愤怒，用洞悉一切但并不说破什么的神情看着面前的男孩。她知道，这个男孩不叫肖璞，他是方大山。4年前，还是大一的时候，固力果就开始注意他了。那时候，固力果还不梳现在这种厚厚的板栗头，那是她自认为最漂亮的一年。她觉得自己好看得就像一个崭新的芭比娃娃。她记得方大山第一次跟她说话的内容是："同学你的鞋带开了。"带一点儿讨好的意思呢，恐怕是想跟她认识吧！但是，美丽的一年转瞬即逝，她变胖了，这是任何一个大一女生在劫难逃的宿命。她记得，方大山第二次跟她讲话的内容是："喂，不要加塞，排队排队！"那时他荣升为生活部长，食堂打饭要排队，他是来维持纪律的铁面无私的家伙。第三次他跟她说话的内容让固力果不堪回首，是一句简短有力的："滚。"固力果恨自己，当时她在反日情绪高涨的方大山面前，说了一句"我就是喜欢岩井俊二，你懂个屁"，这引起对方毫无掩饰的暴怒和咆哮。

固力果记不起太多的事情了。她只知道，从认识方大山开始，她就从一个空心的芭比娃娃变成了一个有着忧郁小心脏的芭比娃娃。只要她看到他从自己身边走过，或者是在电脑房、图书馆、食堂、体育场偶然遇到他，她都会腿软，四肢发酸，头皮发麻，大脑一片空白。她还眼冒金星，视力下降，鼻子不透气儿。她想她完了，她完全被暗恋这件事折腾成了一个病号。

暗恋是一种病。

她设计了很多开场的方式，可是没有一次能够派上用场。

她写了很多日记和情书，可是没有一篇敢拿给他看。

她在心里向他告白很多次，可是她连他的名字都不敢喊。

【近在咫尺的错失】

固力果记得她最幸运的一次经历。那是大四那年，毕业回家，她居然和方大山同乘一列火车。那是她和他有生以来最亲密的一次接触。她放弃了卧铺车厢的下铺宝地，装成没有座位的可怜样，一直走到方大山所在的那节车厢。因为订票较晚，他也没有座位。于是，长长的7小时，固力果决定与方大山同甘苦，共患难。拥挤的火车里，她和他的身体距离不超过5厘米。她咬着嘴唇给自己打气，当她终于有勇气转过头，决定说“我们是同一所学校的，现在我们都回杭州了，那么，交个朋友吧”时，对面的人却忽然愁眉苦脸地一把推开了她：“借过一下，借过！”然后急匆匆地奔向火车的卫生间。

那整整5小时的火车旅程，固力果看着拉肚子的方大山来来回回跑了8趟。“我可以帮你吗”，或者，“你需要卫生纸吗？”固力果想这么说，可是，这话怎么寻思怎么都像二百五啊。

于是固力果不气馁地想，等到下车我就有机会了，我可以去扶着他啊！像做好事的天使一样出现，扶着他！他会感激的！终于熬到下车，方大山走前，固力果走后。固力果刚想上前去拉偶像的胳膊，可方大山的全家不知从何处一股脑儿地拥了过来。大家一拥而上，就把他给接走了……

【“李嘉欣”恼羞成怒】

不过，这些都是过去的事情了，人总会长大，懦弱胆小的少女终会变成大方开朗的姑娘。她给方大山——哦，不，现在他叫肖璞，打了个电话，说自己已经买好了一双直排轮鞋只是不会滑，问对方能不能教他。男孩很爽快地答应了，固力果拍着自己的大腿：“一个电话就能解决的问题，我却用了4年！”言若有憾，心实喜之，她很快来到湖边的空地等着。

“固力果！”远远地，肖璞向她招手。她眉开眼笑地回过头去。可是，怎么？他身边还有一个女生！那是一个大美女，就像年轻时代的“李嘉欣”。可是，固力果对她没有好感，就像她对“李嘉欣”没好感一样。

肖璞也没给她们介绍，二话不说，3个人开始了尴尬的体育运动。

“李嘉欣”倒也大方，看了固力果一眼，笑了笑，就蹬着直排轮在一边独自练习起来，好像她真要把直排轮这个事儿练到国际水平似的。固力果也蹬着直排轮有意无意地滑上一滑，一边嘲笑“李嘉欣”的傻认真。“李嘉欣”摔了好几跤，终于得到肖璞的额外照顾，他扶着她慢慢走到草地上坐下，他们开始聊天，谈笑。固力果忽然明白了：运动场上，动作比较大的人，才会得到多一点的关注啊！

于是固力果开始努力地滑了，她尝试从没试过的高难度动作，旋转，劈腿，跳跃，两位观众不时发出“啊！”“哦！”“嗬！”的声音，也不知是赞美还是呼救。

后来，固力果摔倒了，摔得双膝青紫，却又心花怒放。肖璞夸奖她：“固力果，不错不错！”

固力果得意地在自己的偶像身边转着圈儿。第一次，她从偶像的眼睛里看到了光芒，那是一种平等的光芒，是王子跟美人鱼说话时眼睛里的光芒，而不是王子爱护他的臣民时无差别的恩慈的光芒。

中午了，娇气的“李嘉欣”恼羞成怒：“我不擅长运动，你偏要我来玩儿什么直排轮！”她把鞋子脱下来摔给肖璞，摔得肖璞向后一仰，固力果恰到好处地在后面撑住了他。

【十三姨的爱老虎油】

中午，在湖边，只剩下了固力果和肖璞。这次，她要正式地请他吃一顿饭。她的开场白也很正式：“我知道你是谁，你不要假装了。”

肖璞嘴里的茶喷了出来：“假装？装什么？”

固力果像个女特务一样冷冷一笑，把真相摊开来呈现在他面前：“你的本名是方大山，我们是大学同学。虽然你不记得我，但我可一直记得你。”她的笑慢慢变得松弛了，那使她看上去有点儿傻，有点儿笨，也有点可爱。“我喜欢你很久了，喜欢了整整 4 年。幸运的是，4 年后我们又能遇见。你还记得那天从湖里把我救上来的事吧，其实我并不是想游泳，我是故意跳水的。”

对面的男生又喷了一次茶：“拜托！小姐，你在说什么啊！”

“我还要告诉你的是，其实我根本就不会游泳！”

“啊？你冒着生命危险只为了吸引一个男人的注意？”

“不是一个普通的男人，是一个我爱的男人。”

一本正经地说完这一席话，固力果觉得轻松多了。饭菜上来了，她开始踞案大嚼，这是她有史以来吃得最香的一顿。没心事就是好啊，连饭都可以多吃几碗。吃完饭，她抹抹嘴，“埋单！”

肖璞追出来，“可是，我根本不是那个方大山，真的不是啊！”

“不，你是，你就是他！”

“我不是，我叫肖璞，我不认识你……我。”

“但我认识你就好。”

说到这里，公交车来了，固力果跟对面的男孩说声再见，就风驰电掣地离开了。在那辆抽风般快速开动的公交车上，她坐在靠窗的位置，深秋的阳光是秋老虎，晒得她头皮发麻。她的眼泪以滚烫的温度往下流，流得很慢很慢，像一种浓稠的油，一种珍贵的油。

世界上最珍贵的油是什么油？这是个冷笑话。答案是：爱老虎油。

I love you. 爱老虎油。在《黄飞鸿》那部电影里，美丽的十三姨教李连杰说英文：“I love you. 爱老虎油。”爱一个人爱到极致，就会冒油，会从心里，从眼睛里，流出珍贵的油。那是我们人生的精华。固力果不得不承认，她是认错人了，这个名叫肖璞的男生确实和方大山长得非常像，但他不是方大山。方大山，那个她爱了 4 年一直没有告白过的家伙，他很倒霉。他死了。在大四那年他患上白血病，不久就从这个世界上永远地消失了。

或许他曾经回来过，就是这次吧。他用另一个男孩的身体完成了一次回光返照，并且温柔地允许了固力果向他表白。

阳光打在少女的脸上，爱老虎油使她的脸焕发着明亮的光芒，而手机里收到的短信是这样写的：“我真的不是方大山，不过，我想和你交朋友。刚才那个和我同来的女生只是我的同事，请你不要误会，别生气好吗？”

她回复他：“好的，那么明天见！”

Loving hug

Loving hug

好久没有人{抱我了}

四月天晴

我突然觉得，遇上朗布的这一年中，是我过得最自在、最无忧无虑的一段时光。

【1】

2007年6月，我蜗居在北京东城区某街道某弄堂的一个小公寓里，勤扒苦做，靠帮几个小广告公司做点零碎来养活自己。雇主中有一个叫朗布的家伙，百无聊赖中经常过来骚扰我。

朗布在学校时喜欢写点小诗，毕业后做地产策划，风生水起，炒火了几个楼盘，眼下正戴着一顶南瓜型的田园帽，趾高气扬地歪在我色彩明媚的“懒骨头”上。

自从上次老妈不远万里突然大驾光临我独住的寒舍，窥探了一番后，回去跟我两个已经出嫁的姐姐嘲笑我的闺房状似狗窝后，我花血本把自己这小小的一居室大大整修了一番。布置完我的小阁楼后，出门时我常常会因为舍不得多花一块钱坐空调车而多等半个小时或一个多小时，还会因为要买便宜面包而忍着饥饿徘徊，专等面包店打折时间的到来……

于是我对朗布说，我怎么越看你越觉得讨厌啊，四方脸、熊猫眼睛、香肠嘴、头发二八开，头上还顶着一个南瓜，你自己照照镜子看啊……你不要坐我的“懒骨头”！

喂！这个沙发还是本帅哥辛辛苦苦帮你抬回来的，犒劳哥哥坐一下也是应该的。好像猜到了我的心思，这家伙不紧不慢地说道。

虽然我承认搬家布置蜗居的过程中朗布出了不少力，可他这脸皮也不是一般的厚啊！

唉，看在朗布失恋的分上，就姑且容忍这小子放肆一次吧。

【2】

据朗布讲，有一阵子，朗布和前女友（那个时候还是在任）在学校时就伉俪情深，领了毕业证他俩就准备领结婚证了，只是去周大福买戒指的时候，看了那个标价３０万元的情侣钻戒，他俩赶紧又手拉手，面红耳赤地跑了出来。然后，他们重新调整方向，将目标锁定在那对无比耀眼的钻戒上，婚期无限延长。

朗布的前女友是一个头发卷曲，个子高挑的东北女生。据朗布讲，前女友小洛酷爱漫画跟卡通电影，是《樱桃小丸子》、《千与千寻》、《蜡笔小新》的狂热痴迷者，《宝葫芦的秘密》啦、《哆啦A梦》啦，一定买首映票……并且声称“春田花花幼稚园”是她的母校，因为她认为麦兜是自己的同学。

朗布也一直声称，小洛并非爱财之人，只不过钻石对于女人的意义太过于非凡，如果科技进步有交通工具，为心爱的女人去天上摘星星也是应该的，何更况是一粒小小钻石。

但是我想，那个麦兜，搞不懂简单的鱼丸和粗面的排列组合，也许就像朗布的前女友一样一心想从朗布身上索取他没有的东西。

后来又有一阵子，据说小洛得了一种奇怪的皮肤病，身上长一层细细密密的小疙瘩。隔远了一点看像麻风病人，但却不似麻风病那么好治。朗布正抓紧时间帮地产商炒楼盘，变着法子挣那套30万元的情侣戒。小洛觉得朗布是在厌恶她，故意疏远她。小洛在医院封闭了一个星期痊愈后，揪住这个理由不松口，毅然地跟朗布分了手，跑回冰天雪地的老家沈阳去了。

朗布在北京跟沈阳之间跑了几个来回，得知小洛在沈阳还有一位青梅竹马、家境颇为殷实的富家子弟一直候着她。优秀的地产精英又变成了愤怒无比的诗人。挣钻石的计划也暂时搁置了。

【3】

我从一个手臂上有一个老虎狗刺青的打扮极古惑的老摊贩那里，买了两条小金鱼，现在只剩一只在玻璃缸中曳尾而游了，因为其中一只眼疾嘴快，被我放多了鱼食撑死了。

朗布来拿新楼盘的平面设计草图，亲眼目睹了我杀金鱼的过程。

从某种程度上来讲，死的金鱼是只公的，为了保护那只母的，自己撑死了，也不让母的撑死。诗人朗布的表情如雀巢咖啡，滴滴香浓，要是我，为了心爱的姑娘，也会死而后已的。我朝他翻白眼，说少在这里花言巧语。他说别臭美，哥哥又不是说你，我是说未来的，我爱的那位姑娘，至于是不是你，还得考证考证。

我拿沙发上的靠垫砸他，叫他滚远点儿。

于是，他哼都没哼一声，拿了设计图真的滚了。临了，还顺手把茶几上那半包我没吃完的苏打饼干给捎走了。

走了十几米，朗布又回过头来，我说你就别再等你那个啥张孝全了，你都快毕业一年了，他还在复读，这要是考上大学再出来，你都可以写一本白发魔女传了。干脆等哥哥心情好一点再帮你物色一个……

我拾起沙发靠垫举起来砸他，靠垫飞了不到一米远，被窗台上的防盗栏给弹了回来。

我没有告诉朗布，我跟张孝全在半个月前已经分手，他让我不要等他，他说他考不到北京来，他也不想考到北京来了……喂金鱼的时候，我想着张孝全对我说的话，鱼食不小心多撒了进去，于是美丽的金鱼被我杀死了一只。

张孝全第一年高考，填报的两所北京院校都落榜，另一座城市的三类学校盛情邀请他去就读，他拒绝了，发誓一定要考到北京。复读第一年，他离北京师范大学的录取线差二分。第二年，他离北京一所三类大学还差2分。第三年，他说不考了，他准备去参军。

一个在北京，一个在南宁，我和张孝全就像这一死一活的2只金鱼阴阳相隔，只能在电话中感受到彼此存活的气息。

是的，本来这两只金鱼挺相爱的，是我硬要害死一只。两只金鱼可以一起生或者一起撑死的，但有一只走神了没有同步，于是死了一只，另一只独自活着。在这3年中，其实很多次我都很想对张孝全说，北京其实并没有我们想象的那么好，北京人不好、北京气候不好、北京吃的不好、北京，就是不好……我准备随时滚回自己的老家去，和你在一起的。现在好了，他说不准备考来北京了，我竟然感到一阵轻松。并且借着这轻松劲陪失恋的朗布嬉笑逗乐。

周末我窝在家里看芙蓉姐姐新发布的S造型，我也开始变得无聊了。

【4】

我像朗布一样殷勤地骚扰亲朋好友，跟小明打电话，说在加班。又给丽丽发信息，说正跟男朋友在电影院。我正在考虑要不要跟薇薇唠一下嗑顺便问一下是否有空的时候，看见朗布坐在一辆敞篷的吉普车里，朝我招手。我连忙叫着朗布朗布，乐颠颠地跑过去。

看你语无伦次的，见到本帅哥，内心澎湃了吧，来，哥哥带你去一个好玩的地方逛逛。看着朗布的新坐骑，我作势惊呼，哥哥真有本事，我什么时候可以靠打工一年的钱给家里买辆车，反击一下我老妈的势利眼就好了。

那天朗布开着敞篷跑车，一路威风地带我到后海一家人气很旺的酒吧里，两杯酒下肚，他登鼻子上脸了，一个劲地跟我说1加1绝对等于3，我跟他纠正说1加1等于2，他仗着酒劲脸红脖子粗地跟我耍起赖来，说要是1加1不等于3那我和小洛之间怎么会多出一个王八蛋来呢？

2007年冬天的一个下午，在光线暧昧的酒吧里，我端着一杯冷饮，和酒鬼朗布头碰头，像兄弟哥们那样推杯换盏。这家酒吧也有一个懒骨头，我坐在里面觉得舒服也觉得哀伤。柔软的东西常常会杀人于无形，不知不觉陷在其中就无法自拔，就像此刻，在懒骨头的怀抱里，我忽然哭起来，软软的。

酒吧里那个很受人欢迎的黑人女歌手弹着吉他，用不纯正的中文在那里轻吟低唱。“天快亮了，抱抱我行吗？轻轻地开始，深深地结束。抱抱我行吗？像抱你疼爱的女孩那样，给我一分钟的错觉。抱抱我行吗？当我把面纱摘下，脆弱的颤抖，不安的期待。抱抱我行吗？别猜疑，别试探，就当做施舍，信手送出，过后忘得一干二净。抱抱我行吗？行吗……”

【5】

好久没有人抱抱我了，我指的是2002年夏天的那个傍晚和张孝全在天安门广场的那种。那时我和张孝全在读高二，在观赏天安门的过程中，2002年夏天的那个拥抱和着年少的梦想和颤抖的激情，狠狠地扎根在我的心里这么多年。我们把承诺给了北京和自己的信仰，高中过完，大学读完，慢慢地，我感觉自己已经走过了一个下午的疼爱。它足以温暖我好久好久的年龄。

我很想让人抱抱我，特别想……

我看着醉眼蒙眬的朗布，突然蹦出这种念头。我想被我能靠近的人疼爱，哪怕就一个下午，然而这种要求，是很难很难启齿的，即便是对整天跟自己勾肩搭背共饮一扎扎啤的朗布。

唉，“抱抱我行吗？”听起来真脆弱。我是硬撑着的，只要没人揭露我，我就能一直撑着……

手机响起，是麦兜要鱼蛋粗面的台词铃声，朗布接完电话后，被酒精麻痹的脸一下子云开月明，他的前女友给她来电，说已到北京，让他速去接驾。他有些大力地拍了拍我的肩，愉快地说，亲爱的谢谢你今天陪哥哥喝酒，祝织女和牛郎能早日相会，回头我再电你……

温暖的阳光透过低垂的窗帘射进来，看着朗布拉开酒吧的红色木门，我突然觉得，遇上朗布的这一年中，是我过得最自在最无忧无虑的一段时光。在这段日子里，张孝全说，玉田我不来北京了我们分手吧！我也挥挥手不带走一片尘埃乖乖地答应，说好不来就不来吧。

唉，我承认，我是有点喜欢上朗布了，而朗布，失恋了几个月后，正步履轻松地朝前女友的怀抱中奔去。

Miss milk cown

{奶牛小姐}快接收我的电波

小茉莉

可以说出来的未必重要，重要的未必敢于说出来，说出来未必能到极致，但是我们可以追求。

【引子】

有人问我现在流行做什么来助运势？

我说，不知道，也许是写邮件吧，多写邮件，然后某天早上，当你骂骂咧咧地打开邮箱，开始新一天的生活时，或许又会收获无限的惊奇和甜蜜的心情。

【自摆乌龙的分手饭】

4个小时前，我煞有介事地穿上黑丝的蕾丝外套和奇怪的方头鞋子，绕上白色的小围巾，坐在一家叫做“老姑婆”的韩国馆子里严阵以待。

没错！我一直知道黑和白是王满文最讨厌的颜色。他曾经说我穿这两种颜色就像小鬼一样。方头夹角鞋子也是他最看不过去的。他也曾经说我穿了以后脚就像蛤蟆的爪子。还有矫情的不合时宜的小围巾，他也曾经咬牙切齿地痛恨一切像这样的小情调和小虚荣。

作为两个早就标榜有风度“即使分手也要好聚好散”的死要面子的人，我们专门选择这一家位于七弯八拐的角落里、谁也不熟的隐蔽小馆子来吃隆重的分手饭。打死也不藕断丝连地选两人常去的“老地方”，来“戚戚然凭吊一段好时光”。

既然是分手饭，我当然不必再为他的钱包考虑。不手软，我一直冷笑着把桌子点满了才甩开菜单。

他把一堆乱七八糟的熊、袜子，还有其他什么东西还给我，我把他借给我的衣服、书、雨伞之类他的东西还给他。像交易一般，想要马上跟对方变得没有任何关系。在照片和大头贴，信件和便条等等无法决定归属的东西上，我们商议决定全部销毁掉，吃完饭各自执行。

我们都丢掉斯文，以足够难看的吃相来打击对方。

我们都别扭得不知道应该说什么，只好不厚道地挑剔着饭菜，告诉侍者泡菜太咸了、大酱汤太辣了、米饭也不够热……可怜的朝鲜族侍者，连普通话都说不顺溜，只能流着汗叫苦：今天怎么碰上这样两位阔气又小气的狠角色。

三个多小时的分手饭，我们吃得咬牙切齿，风声鹤唳。好不容易挨到了埋单的时间，窗外已经是漆黑一片。

王满文在一大堆我还给他的东西里面刨了一会才翻出他的包，翻遍所有的口袋后，他的脸迅速变形了。

我猜他没有带钱。

你看，他老是这样，办事不牢靠，说话不扼要，关键时候一定是靠不上的。我把钱包里的钱都倒在桌子上，还是不够。

"老姑婆"的侍者们这会儿普通话说得很溜：对不起先生小姐，本店只收现金，不接受刷卡消费。

最后我们决定：我留下当做人质，而王满文搭出租去最近的ATM机上取款，然后完成我们的最后的晚餐，然后，我们互道珍重加油，然后阳关道独木桥。

可是49分钟又55秒过去了，他还没有回来。

我抱着一大堆他还给我的分手炮灰站在"老姑婆"的门口，快要僵硬成石头。难道他真是要扮小人消失？我想到这儿不由得一阵后脊梁发冷。

54分钟的时候，的士带着王满文一脚刹在门口，他没好气地跳下来，对咆哮着奔过去的我挤出一张灰脸："周围都是荒地，我根本找不到ATM机。转了很久才找到。"

他顿了一下，又说："还有，我的卡忘记带了，还在你那儿。"

我的脸也迅速变形了。

【分手的原因】

那天一直到晚得快搭不到车，我的眼睛快睁不开时，才得以凑够钱脱身。

不要问我分手的原因了，连分手饭，都没有人吃得比我更凄凉！

回去的路显得很长。我很难不想这倒霉的一顿饭，还有我们倒霉地在一起的前因后果。

认识王满文是在我心情奇差的时候，重感冒了很久，还丢掉了工作，一个人晕乎乎地在北大医院打点滴。他也在旁边插着针头，突然就凑上来说，我给你讲个笑话吧。

我小的时候有次老师搞启发式教学，把黄鹤楼的画片投影到墙上，并且悬赏一朵小红花来让小朋友们回答那是什么地方。

然后我把手举得最高，简直站到凳子上争着要回答。

然后老师果然点了我，我就说，少林寺！

我本来不想理他，但是很不争气地噗哧一声笑出来，还冒了一个鼻涕泡泡。

第二天，还是在北大医院，王满文又跟我说了很多的笑话，他还说，世界上很多的国家，都尝试着不间断地向宇宙里发射持续的电波，来等待宇宙中可能存在的外星人接收到，然后给出回应。后来一直什么回应也没有收到，这些国家都纷纷结束了价格不菲的发射。

王满文问我怎么看，我说我觉得外星人肯定是有的。不然，地球人不是太孤单了么。他说，我也这样觉得，我止不住地这样想。

王满文之所以说这些，是因为他的爱好和职业是写科幻小说。

出院的时候，他还告诉我，走路的时候最好要四处看看，然后一直看着地板，这样你就可以捡到很多别人不小心掉下的东西。后来我们真的一起捡到了一枚小熊徽章和10块钱人民币纸币。

百分之九十的人走路是不看大地的，他们看着天空，他们发呆，他们看着别的人。而我，开始在走路的时候看着王满文了。

【跟他一般见识】

这样一来，我发现他其实还真是挺讨厌。比如他喜欢说，“说真的，你不适合穿连衣裙，你有小腹呢”、“面膜有什么好的，脸皮会不会贴得越来越厚”，看焰火的时候他会杀风景地说：这很像宇宙大爆炸……

还有，每次如果我不高兴了，我一定要先告诉他“我生气了”，然后掰开了、揉碎了告诉他为什么生气，他才会恍然大悟。每次我都要想，他是干啥的？他是写没谱的科幻小说的，所以我怎么能跟他一般见识！但，不和人一般见识，真的也很痛苦啊！

彼时，另一个长着虎牙的前同事也正看我顺眼，在我24岁生日的这一天，他请了小工搬运礼物给我，整整24件，从吃的到穿的，再到用的……装成一箱庞然大物，我看得下巴都快掉了。可王满文这只蜗牛只说，原来你今天过生日啊。

火山的爆发是在我们在一起半年多的一天早上，王满文又把他的梦说给我听，大致就是梦里面总是有波折，出现一个别的什么人，然后他觉得还是我最好，然后我们又手拉手，乐呵呵地出去玩了。

我不等他说完就咆哮起来，王满文你这头猪……

然后我们就完了。

其实我讨厌他把我和别人比。我恨这样的比较。老和一些人比的话，我怎么可能每次都能比得过呢？等到那个让他不再比较的人出现的时候，又要把我放在哪里呢？况且比较本身，就是选择的一个步骤，可是那么久了，他还在比较。

【写邮件者有好报】

3天后的下午我打开电子邮箱，看到大堆的邮件。这些邮件来得如此有预感，但我还是不知所措地哭了。

今天，我回到家，夜里睡不着了，站起来，很烦躁，想把枕头扔出去，却抖出一个大头贴。

你在上面笑得像人造卫星那样远。

那时候编故事叫你走路看地，是因为怕你不小心跌倒。

那时候说很多的傻话，只是为了看你生气的样子，因为很可爱。

那时候只想每天把绿豆芝麻的事情都告诉你，忘记了体谅你的感受。

其实向宇宙里发射电波也像是写邮件，真的有一天会收到回音吗？

那我一直写邮件给你呢？有句老话说，写邮件的人，会有好报的。

然后就是王满文写的科幻小说，很长很长，分段发给我。

他以为，用这个也能充数的么？

写的是勇敢的波普船长，独自一个人驾驶飞船出发，要寻找除了银河系以外宇宙中的其他智能生命。他的飞船上装有持续发射各种电波的发射器。他对于能够在广漠宇宙找到地球人的伙伴或者敌人深信不疑。

历经很多的劫难，躲过了各种陷阱以后，他终于接近了真相，却发现原来整个宇宙是由很多的镜子状的碎片从四面八方拼起来的，地球人以前看到的任何外太空生命信号，都是镜片反射出的自己。

最后波普船长丧失了所有的信念，启动了自毁程序，和装有各种发射器的飞船一起变成了尘埃。那些尘埃回不了家，只能在宇宙的无限时空里流浪。

我硬着心肠没有回信，但是我觉得自己开始相信“写邮件者有好报”这句话。

【分手半年快乐】

我也开始用零零碎碎的小时间，用新申请的邮箱勤快地写邮件，给家人，给朋友，给同事，给各种被我自觉不自觉忽略掉的人。

王满文发邮件给我的邮箱，我不再用来写信，只是每天固定点开一次，我看信。我给这个邮箱起了个名字叫做波普船长邮箱。

几个月过去了，我周围的一切居然有了微妙的变化，原来有点紧张的关系居然一一都舒缓下来，做事也更顺利了。我觉得也许是写出的那些邮件起了神奇的作用，每天写邮件成了我必做的功课。

有天我打开波普船长邮箱，王满文一改几个月的斯文，竟然在里面叫嚣：

你这恶人！我觉得，你对我没有我对你那么好。你没有我听你的话那么听我的话。你没有我想你那么想我……

什么、什么、什么！我被他绕口的来信气着了。我气急败坏地回信，反咬一口，把他大骂一顿，历数他的罪状。顿时觉得心情像排出了毒素一样畅快。

10秒钟以后，回信居然出现了：

你终于回信了。

写邮件者有好报的鬼话终于应验了。

那时候分手的原因，你一直没有告诉我。

我不服，我觉得我们之间没有原则问题，但是你为什么要折磨我？你为什么要吝啬到连一封邮件都不肯写？

其实一切说开了，不就好了吗。

分手半年快乐，要不，吃饭庆祝一下吧。

就像王满文说的绕口令那样，可以说出来的未必重要，重要的未必敢于说出来，说出来未必能到极致，但是我们可以追求。

我穿上黑裙子，披上白围巾，以及一双奇怪的方头鞋子。镜子里的我，不像熊猫，就像斑马，要么，就是一只貌似平静但暗藏得意的奶牛？我不知道，我只是要欣然赴约。

One track-minded

{少根筋}的女生

锦泽

人家隆胸的隆胸，垫鼻子的垫鼻子，我要有了钱，我也去做个整形手术，我要在后脑多加一根筋。

【李阳疯狂英语爱好者】

以蓝念的是英文专业，可是，英语角她没去过几次。那些练“李阳英语”的人，都跟疯子似的，在那儿集体大吼大叫，那架势以蓝有点害怕。

一天晚上她和赵聪一起沿着校园里的湖散步，绕过一大丛竹子，迎面的灯光下黑压压全是人，三五成群，满耳喧哗——原来来到英语角了。

以蓝只想赶快闪人，赵聪却拉着以蓝的手不让她走：“从来没听过你说英文，现在机会来了，还不去秀一秀。”

“我才不。”以蓝笑道。

以蓝在夜色里狠狠白了赵聪一眼，想了想才说：“那里的人，好像活在另外一个世界，不晓得怎样和他们沟通，而且，他们好像，好像——”赵聪替她接下去：“好像都少根筋吧。”以蓝笑：“对了，就这意思。”

以蓝不能融入英语角的气氛，其实因为正忙着与赵聪恋爱，只顾建造专属他俩的小天地，别说英语角，不管来到世界上哪一个角落，除了对方，眼睛里都是看不到别人的。

那时他们多么快乐。可惜快乐来得快，去得更快，两人因为一次吵架而分手。

虽然以蓝事后很后悔，可是，一根筋的女生啊，是不愿意主动去求和的。

【两根筋的男人】

毕业后，以蓝和公司里的同事们成了朋友，经常聚餐吃饭。有一次等菜闲聊时以蓝说：“人家隆胸的隆胸，垫鼻子的垫鼻子，我要有了钱，我也去做个整形手术。我要在后脑多加一根筋，呵呵。”大伙都笑，马上就有人叫她“一根筋”。

以蓝倒也不生气，想想，反正少根筋，用不着按健全人的标准要求自己，所以不必像以前那样脆弱，于是欣然接受这外号，和同事一起嘻嘻哈哈地说笑。

新鲜人的工作琐碎无聊，一天，公司来了新同事。大家都过去打招呼，以蓝走到那人面前，愣住了。

“你怎么来了？”

“我怎么就不能来？”

那人是赵聪。

两人从相爱到分手，这回又成了同事。世界真的太小了。以蓝见到赵聪，总有点尴尬，赵聪倒是很坦然，还帮以蓝接些翻译的活儿。有一家贸易公司需要商品翻译，赵聪也替这家公司做兼职，就帮以蓝也谋了一点小差事。夏天，那公司为表示感谢，请他们一起到海南旅游。两人默契地先后以“生病”和“结婚”两个瞎编的理由请好了假，然后一前一后离开公司，在机场会合。

在三亚那几天，天气炎热，以蓝被晒得焦头烂额，好几次很想找点凉快，一转头，一瓶冰矿泉水就递到自己面前。赵聪的机灵和细心让她有点感动。

她慢慢也能自如地和他相处了。

他们聊天，以蓝说起工作的不如意，赵聪也附和：“干脆我们一起跳槽好了。”以蓝说：“不了，我打算考研究生，辞掉工作，就马上找个住处，专心复习。”赵聪说：“干吗这么一根筋，边工作边复习也可以啊。”以蓝还是摇头：“不能一心二用，你也知道，我是一根筋。”

赵聪看着他，眼神里流露出柔情。

以蓝掉过头，不接这目光，因为她知道赵聪已有个女友叫小苗。

【借宿】

回到南宁，赵聪请以蓝到家里吃饭，赵聪的妈妈和以蓝一见如故，因为都是玉林人。客厅里，赵聪和小苗黏在一起，赵聪的爸爸耳朵不好，以蓝和赵聪的妈妈聊得最多。

赵妈妈爱打牌，以蓝说：“我妈也爱，春节回去就陪她打牌，次次都让她赢，她不知道多开心。”赵妈妈笑："你真孝顺，我们赵聪也爱打牌，不过不和我们老人打。"知道以蓝辞职的事，当下赵妈妈提议："别租什么房子了，浪费钱，住我们家里吧。"以蓝诧异道："那怎么行？"赵聪笑："没关系，我和小苗住外面，你跟我爸妈做伴——难道你怕我妈找你打牌，浪费你时间？"说得以蓝一时不好拒绝，但一根筋地坚持要付自己那份房租水电，为了让她心安，赵家也就答应了。

小苗和赵聪常常闹别扭，有时比较大声，赵聪的爸爸倒不介意，反正听不见，以蓝有点难为情，退到厨房给赵聪的妈妈打下手。赵妈妈对以蓝笑笑："不是一天两天，我都习惯了，他们花样就是多，唉，我躲着他们。"

【葡萄美酒夜光杯】

这天晚饭后，赵聪又和小苗大吵，女孩下不来台，当场决定分手。

赵聪呆呆地看着她风一样跑掉，没有半点阻拦的意思。他反倒笑了："分手了，这样倒好。"追出去的是赵聪的妈妈和以蓝，但是两个人都跑不过当过田径运动员的小苗，远远地就被她甩掉了。

此后，以蓝搬出了赵家，不过，赵聪和她还是像以前那么相处。有时相约去玩，也时常请她来家里吃饭。有一次吃完饭，赵聪忽然说："快走，我带你去一个好地方。"

他带她来到一栋大楼下面，以蓝站住，警觉地盯着赵聪："这不是你住的地方么？"赵聪说："紧张什么？又不是去我房间。"

他们爬到楼顶，以蓝不禁赞叹："好个空中花园。"赵聪说："是一对退休夫妇弄的。"到处枝叶婆娑，当中布置着瓷墩和木椅。以蓝隐约想着，会不会这也是小苗喜欢的地方，但她即刻丢掉这个烦恼，只专注于当下。

赵聪和以蓝在栏杆前坐下，赵聪拿出一瓶葡萄酒。自制的，葡萄是山村的野葡萄，糖分不高，喝起来特别香甜。一整夜，他们就着瓶口轮流喝酒，夜露凝聚，两人慢慢靠近彼此，然后紧紧相拥。

东方悄悄泛白，街道也有了人声，以蓝把头从赵聪怀中抬起，突然她一声惊叫。

身后不远处一盆葵树下，小苗抱着双膝坐在那里，瑟瑟发抖，满脸泪痕。

小苗呜咽着："为什么会这样？"

【一根筋的女生】

小苗裹着毛毯蜷在赵聪房间的沙发上。以蓝用微波炉热了一瓶牛奶，赵聪端过去。看着小苗喝完，小苗闭上眼睛睡了。

赵聪把以蓝送到门口，以蓝小声问他："她没事吧？"

"没事。"

"你们不是已经分手了么？"

"我以为我和她已经分手了，可是她……她这个样子……"

以蓝没有听下去，独自走了。

赵聪再给她电话，不说起他对她的态度，也只字不提和小苗的关系处理得怎样。以蓝忍不住又一根筋了："你打算和她分手么？什么时候你才说呢？""你还爱她么？""你到底和我要怎么样？"

赵聪不悦："你不要那么咄咄逼人，多点耐心。"

"耐心？我不懂，我只知道人不可以同时爱两个人啊！"

“人怎么不可以同时爱两个人？只要你不少根筋，只要你够巧妙，只要你能做到暗自劈腿不被揭穿，不止两个，三个四个都可以啊。”

赵聪不是那种一根筋的男人。

小苗告诉每一个人，以蓝是狐狸精，蓄意破坏她和男朋友的爱情。以蓝苦笑，就因为看起来开朗坚强些，经得起扛，自己就活该包揽一切责难与伤害？

于是，她逢人就一根筋地解释：我不是狐狸精！

大家都觉得她超级可笑。

【痛快的热泪】

转眼5年过去。

以蓝一直单身，没有男友，当然也不会结婚。她成了人们眼中的老处女、怪胎、异类。没人相信这样的人曾经恋爱过。不论是朋友、亲人，还是杂志、报刊，都告诉她，当初的过往，应该化为一丝浅淡的笑容，让它随风远去。可是，她偏偏没有这种能力。

赵聪倒是结婚了，还有了小孩。理智告诉她，不要再去想那个已婚男人了，但爱情自己却死死地记着那个和她一起在天台喝过红酒的年轻人，他风流倜傥，有美好的相貌，温柔的姿态。

一个星期天，偶然开车经过母校，她特地又去英语角瞧瞧，学生们已经不是原来的学生，可是热情高涨的“李阳英语”爱好者们还是一如既往的坚定，他们大喊大叫，他们声嘶力竭，但他们丝毫不觉得枯燥和疲惫，将声音扩散到空气里，是一种噪音，也像一种宣泄。

一根筋的疯子们啊。

以蓝想了想，迈开脚步，加入他们当中。

喊得满身大汗，脸庞涨红，攥紧了手心，跟随着众人的声音同步、大喊，慢慢喊出两行痛快的热泪。

I had dinner in my friends home.

We have known each other for 6 years.

We drink wine together.

I heard he got married last week.

It has been a long time since last came here.

…………

我曾在朋友家里度过一段美好的日子。

我们彼此认识已有6年了。

我们一起喝葡萄酒。

我听说他上星期结婚了。

从我上次来这里，已经有很长时间了。

…………

我要吃你的豆腐

芝芝小姐的精美爱情
多拉那时不懂A梦
出来混总是会遇见小强的
小催眠师的牛排与艳遇

Candlelighting

天使手心里的{烛光}

吕默么

请不要为我哭泣，你的眼泪会浇熄我去天国时手心里的烛光。

【毫无灵感的情书】

杨格让我忍无可忍，他让我在两天之内帮他写一封情书。那位收情书的幸运女生在我看来简直就是一个地道的丑八怪。除了功课很好外，她一无可取之处。她有我幽默吗？她有我聪明吗？我委屈极了，但我还是答应了杨格，为他的爱情贡献一份微薄之力。可是，我脑子里所有的灵感都好像躲起来了。

要命的是，马莉莉看了我那封干巴巴的情书竟然怦然心动。在她眼里，杨格成了一位不善言辞、平实稳重、真诚正派的暗恋者。她握着信的双手哗哗地抖，她说："三朵，谢谢你帮我送信。我……我愿意和他做朋友……"

这两个高才生的恋爱令全校哗然，大家纷纷赞美道，这是金童玉女的组合。我默默地想说：这是螃蟹和海龟的组合。

我悲伤地回忆着和杨格在一起的时光，我们是一条巷子长大的伙伴。小时候我们一起爬树，坐在树上俯看这个小城里的人。再大一些时，我们一起养了条狗，我们经常带着小狗去动物园，把它拴在大树上，看它对着笼子里的猴们挑衅。狗说狗的语言，猴说猴的语言，它们互相听不懂对方，但却气焰嚣张，我们哈哈大笑。可是后来，小狗死掉了，我坐在小板凳上望着死去的小狗哭了整整一个下午，连学校也没有去。放学后杨格跑来看我，他说："三朵，小狗看到你这样哭会不高兴的。"

"真的，它会不高兴吗？"

"是啊，你没听说过那个故事吗？有一个小孩死了，他的妈妈非常难过，整天哭泣。有一天，这个妈妈做梦梦到了一群小天使，每一个小天使都手握一支点燃的蜡烛在走路。她们去上帝那儿，只有一个小天使落在了后面，因为她手中的蜡烛是熄灭的。这个妈妈仔细端详，那不正是自己的小孩吗？小孩也认出了妈妈，她抹着妈妈的眼泪说：'妈妈，请你不要哭了，不然，我的蜡烛永远也燃不起来……'"

我收住眼泪，看着杨格，我说好的，我要让我们的小狗顺利地到达上帝那儿。

【追不到女生的男生】

我这么喜欢杨格，可是他并不知道。高三那一年，我们班去爬山，浩浩荡荡的队伍有说有笑，只有我严肃地注意着前面的杨格和马莉莉。我搞各种破坏活动，向他们丢石头，跟同学一起起哄，要么干脆大喊一声“有蛇”把马莉莉吓哭。可是，因为我拙劣的捣乱，杨格反而紧紧地抓着她的小手。我真的好生气！一不小心，我滑了一跤，听见我的叫声，杨格猛地回过头来，丢下马莉莉朝我跑来。

杨格坚持中途背我回家。在“大难”面前，他没有为了爱情而丢下朋友，够意思。我觉得他有一颗金子般的心。

我趴在他的背上，心满意足。杨格却说：“你比她重多了。”

我哼了一声，我又生气了。

杨格忽然问我：“三朵，你是不是喜欢我啊？”他把我放下来，在远离人群的山麓，他看着我的眼睛，像是在质问一个间谍有没有偷走情报。我被他问傻了，“你有什么值得我喜欢的？呸！”就这样，好不容易的一次表白机会，淹没在我的大口水之中。

下午回到学校，我看到黑板上贴的小报。“马莉莉和杨格成了恋人”，他们的名字被画上了卡通的心。马莉莉坐在教室最后面，羞红着脸，她冲上前来，撕掉了那张小报。

我晃着一条跛腿看着这一切，马莉莉这会儿的心态倒是挺像我，面对绯闻，明明心中很喜欢，却还是要用剽悍和勇猛来掩饰，呵呵，你伤害了杨格的心哪。我幸灾乐祸地想。

杨格伤着伤着也就习惯了。下课，他跑来问我：“有没有烟？”

“有。”我撒谎说，其实我根本没有烟，但死党不是要为朋友两肋插刀的吗？“待会给你。”我用50米短跑测评的冲刺速度跑到学校对街的小卖店，不顾老板的训斥买下一包茶花，又迅速跑回来。我把烟递到杨格手里时尽量装成漫不经心。

那时，他坐在篮球架下，漂亮的侧脸显得那么忧郁。他对我苦笑了一下，点燃一根烟，说：“你们真行，让我在一天之内心碎两次啊。”

【光头小医生】

一晃 7 年过去了。我已大学毕业。等待我的一份现成的工作是教书育人。趁着大学时代最后一个暑假，我背着一台lomo相机在城市里晃悠。城市真的不是我们童年记忆中的样子了，小巷已经拆掉。那棵爬过的大树已被连根拔起，不知道扔在了哪个角落里。

我晃着晃着来到动物园，小城市的动物园有一些很普通的小动物。猴子、鸵鸟，还有一些叫不上名字的飞禽。我扔面包屑给它们，看着它们欢欣的样子我也跟着哈哈大笑。曾经向猴子挑衅的狗已经死去7年，不知道它在天堂还好吗？我可没有再用眼泪浇它的蜡烛。而那个和我一起来逛动物园、给我讲感人故事的男生，他也已经离开我7年。杨格，我也没用眼泪浇灌对你的思念哟！

工作后，一次和学生打球，我刮伤了手臂。大家把我送进医院，我看到一位剃着光头的年轻小医生正在给前一个受伤者缝针。那人是个小偷，偷了别人的钱，被事主打伤。小医生缝针缝得很慢，小偷龇牙咧嘴痛得直叫。“你就不能给他多打点麻药吗？”我说。

“多打麻药还能记住这个疼吗？”小医生头也不抬地说，“好下次再偷吗？”

我觉得他说的倒是挺有道理，等到他给我包扎时，我对他说：“我可是好人，不要对我那么狠。”他微微一笑，手很轻很轻地替我涂了药水，他说：“您是老师？唉，我最怕老师了，小时候总被罚站。”

我担心他报复老师，马上笑呵呵地说，“不，我是园丁，春蚕，红烛。”我说，“呵呵，我是改造灵魂的工程师！我什么都是，就不是老师。”

“你还真贫。”小医生抬眼看看我，“这么贫的老师上课什么样？“

【由巴甫洛夫想到】

我上课什么样?

我觉得我是个好老师，讲到细胞分裂时我拿出自己用干稻草和臭塘水培育出的草履虫恶心他们；讲到桃乐羊的克隆我会每人发送一张小绵羊贴纸……无厘头的女老师贪玩，贫嘴，不过却最受欢迎。

“巴甫洛夫是在研究狗的消化腺分泌时意外发现条件反射的，实验时给狗食物，并用精密仪器记录唾液分泌的滴数……”讲到这里，我突然讲不下去了，因为我的眼睛湿润了，喉咙一阵阵打结，巴甫洛夫的狗让我想起了我的狗，还有杨格。

我想起大二那年，杨格找我帮他写情书的事。他笑嘻嘻地说：“三朵，我喜欢马莉莉了，你帮我写封情书给她！”说这话的时候，他显得特别讨厌。他不知道我心里的醋意已泛滥成河，但表面上，我却装得风平浪静：“好啊好啊，包在我身上！”

那天晚上我独自在教室写那封破情书，心里好不凄凉。

第二天我告诉杨格我任务完成了。他当时刚从球场上冲杀下来，满头是汗，他说，完成什么了？我说情书呀，我交给马莉莉了呀，她很激动呢！杨格的表情顿了一下，然后他说：“行，那谢谢你了。”他转过身去，一个远投，篮球入筐，在场一片叫好，杨格毫无表情。

我开始往回走，杨格似乎在我身后嚷嚷了一句什么。我没有听清——我不是没有听清，我是不想听清，不想听清的那句话其实是：“三朵，你是世界上最傻的傻瓜！”

如果当时我有勇气回过头去，我也许会跟他一样嚷嚷：“我不是傻瓜！我喜欢你呀！”

可是，我们都不想伤害无辜的马莉莉。我们装聋作哑。

此时，学生们开始看书，我走到教室外，从口袋里掏出一包茶花烟。阳光很好，烟雾在光线下像云一样。酷酷的女老师苍茫地看着远处，学校大门口，有一个人慢慢地走进来，越来越近，越来越清晰。那是杨格来了吗——

“不要抽烟啦，女的抽烟不好。况且你是老师啊！”他沉着脸。

“不要你管。”我说，“要不要借我的烟头点蜡烛啊？”

“我的蜡烛会一直为你燃烧下去的。”他忽然淡淡地、忧伤地说。他看着我。这个时候，我发现我的眼泪糊了满脸。

是的，杨格已经在两年前离开了这个世界，他被查出癌症，很快就去世了。这个消息让太多人心碎，尤其是两个爱他的女生，一个是我，一个是马莉莉。

我知道，在这个世界上，有一个女子想起杨格时，会比我哭得更伤心。

我拿起手机，拨通马莉莉的电话：“不要难过，我给你讲个故事吧。”

我复述了那个关于天使蜡烛的故事。对方沉默很久，忽然，我听到一个男人声音对我说：“这个故事我也知道，我对每一个失去亲人的病人家属讲这个故事。”原来，我打错了电话，我拨到了小医生的手机上。

他让我擦干眼泪，我乖乖地做了。

两天以后，小医生和他的朋友来拜访我。他的朋友真不客气，在我家胡吃海喝，大吼大叫，弄坏我的拖鞋，盘踞我的沙发。末了在我的地板上撒了一泡尿，以示亲热，没错，那是一只京叭狗窜种的雪纳瑞，中西合璧的小狗名唤煤球。

小医生抱着狗跟我告别，“在你家玩得很愉快，希望下次再见。”

“照这……您还是哪儿凉快哪儿歇着吧。”

“这不是你的真心话，我的狗都听出来了。”

“胡扯。”

“说真的，我知道你喜欢小狗，所以，我刚才来你这儿时，买了这只狗，我真心诚意把它送给你，希望它带给你快乐，你要不要？”

我沉默了一会儿。有点儿感动，又有点儿心动。

我接受了那只淘气的小狗，一个月后，它被我驯养成世界第一乖的宠物，并且它不再叫煤球了，我给它改了个名字：媒婆。

再后来，呵呵，因为媒婆的作用，我和小医生谈起了朋友。

Your bean curd

我要吃{你的豆腐}

棒生

我们天生就没有理想，后天也没能习得。但我们都一直懂得如何去爱。

【 1 】

我喜欢那个小丑，他正坐在幕布以右。别人上场表演，没他什么事儿时，他就拉下脸铆着劲儿地抽烟——从我所坐的第一排最左边的位置，可以看到他休息的那个角落。暗淡的光线里，小丑画着一张疯癫的笑脸，血盆大嘴的嘴角直接翘到太阳穴。但我知道，那浓妆下的真实表情可一点儿都不开心，他郁闷得快疯了。

如果，偶尔这个叫毛怪的小丑心情好，他会允许我进入后台替他化妆。当然，这种机会少之又少，因为他总是不开心时居多，对人也缺乏基本的耐性。看，他在心烦地挥手了，如果离得近，我会直接听到他说："滚，你给老子滚远一点儿。"

大多数人一厢情愿地相信，演小丑的人性格也一定开朗随和，其实他们错了。青年剧团的小丑毛怪他可是满身心的纠结。纠结的最主要原因是，他不爱演小丑，更不想去争当什么金牌小丑，可是这份得之不易的工作并不能由他自己决定干、还是不干。黄昏时候，迟归的毛怪与他的父亲争辩，要求离开剧团，却被一顿大吼给压了回去。随后，大门关上，耗子一样的小孩们从四面八方聚拢在他家窗口——看热闹的时候又到了。20岁的毛怪跪在地上，他爸用大皮带抽他后背，皮带头有一个大铜扣，抽得毛怪满背青紫。毛怪极力忍受着他爸的暴行，与此同时，他用眼神毒打我们每一个偷看的小孩，一个也不放过。

"叫你不务正业！叫你游手好闲！好好的剧团你都不想干！你还想干什么！畜生！"毛怪的爸爸是剧团的退休演员，虽然老了，台词功夫还是很了得的，字正腔圆的骂声回荡在楼道里，那是只有父辈才有的话语权。

如今，10年已经过去，往事再被提起，我们学会一笑置之。剧团早已解散，很多有理想的人去了北京、上海、广州，成了腕儿角儿，没志气的毛怪在家开餐馆，从某种程度来说，他过得也挺顺心。

【 2 】

周末，学校的网站贴出艺术节晚会的通知，稍晚一些时候，本年级的QQ群里，黑猫头像的辅导员又来叮嘱一遍：政法系的人，尤其是大一的必须到场。他还使用了很多兴师动众的表情，比如ORZ。

我们学校的政法系历来以好劳恶逸著称，请注意，是好劳，而不是好逸。除了功课较多的客观原因以外，求取功名的心态也因本系出了几个法院院长的事实而在近年来达到白热化程度。我记得刚入校的那天，同班一个男生就问我要不要考博，当我反问他为什么要考博时，他露出一丝不与我计较的苦笑。而我旁边的另一名男生，则压不住满脸的蔑视，噗，他冷笑出声。

他是在笑我，还是在笑另一个男生，我一直没弄懂。不过，在这样的系里，我找不到男朋友却是事实，因为男生都很忙。男生也瞧不起我，就冲着我连英语四级都没一次过关这件事，他们当我是系里的败类，就不算空穴来风。

当晚的晚会，政法系果然有一大批人没到场，座位空出了一大片。台上倒很热闹，几个男生跳街舞，一群女生耍宝剑，老师们也登场，来点京剧、小品。接着有片刻的安静，一个小丑上场了。

一瞬间，我以为回到了10年前。我确实有10年没见过小丑了。这个小丑和当年的毛怪多么像啊，他也有一张狂笑的大嘴，一只圆圆的酒糟鼻，3只红色皮球在他手里变着自如的戏法，只是他并不忧郁，他是个开心的小丑。你瞧，那每一次跌倒，每一个打滚，每一步外八字，都伴着他发自内心的欢乐，麦克风泄露了他的笑声。他问观众：你们喜欢我吗？

喜欢！众人一起高呼。我也在人群里疯喊。

【3】

我跟这个小丑认识了——那天的晚会结束后，我主动跑上台去帮他们整理道具。拎起一件缀金片的袍子，袍子旧了，上面的珠片水一样往下掉。小丑跑过来，用双手接着掉下来的珠片。“同学，你能帮我补一下吗？”他恳求地看着我，“不然，明天还给服装店时，他们会要我赔了。”我当然点头同意，并且献媚地说：“包在我身上！我是你的粉丝嘛，呵呵。”

古有勇晴雯夜补孔雀裘，今有女粉丝对眼串珠片。那一大捧珠片可不是好玩的，我点着手电筒足足串了一夜，针、线、珠孔，三点连一线。早上洗脸，发现双眼已经严重斗鸡。

中午在食堂碰头，把袍子还给小丑，他感激得给我跪下了——不，是一不小心踩到了一把掉落的羹匙。扶他起来的时候，他忽然对我说：“你知道吗，有人在我们食堂的青椒炒肉里吃到了老鼠的尾巴。”我大惊失色，“那老鼠的其他器官呢？”

“肾脏、肝、胆囊、十二指肠……也许会出现在今天的菜里。”生物学系的小丑，对我细腻地危言耸听了一番，接着又用科学知识来安慰道，“如果老鼠身体健康，吃了也没什么，反正都是蛋白质嘛。”

对视3秒以后，他对我深情地建议：“让我们离开这个可怕的食堂吧，姑娘。”

【4】

这是美好的一天，我跟一个爱笑的男生在一起。他要带我去昂贵难吃的西餐厅，当然被我拒绝了。物美价廉的小饭馆儿就在学校附近，为什么还要跑远路？有一款鳕鱼炖豆腐格外好吃。鳕鱼并不是这道菜的主角，好吃的是里面的豆腐。

手工制作的豆腐，挑选那饱满的东北大豆，泡发，打浆，滤渣，煮沸，点卤并非传统的石膏，而是葡萄糖脂，因而，做出来的豆腐细滑得像白丝绸一样，吹弹得破，入口即化。不瞒你说，这种做豆腐的方式是我出的主意，毛怪亲手试验的。时间还要回溯到我18岁那年的暑假，高考结束，我整天混在毛怪的餐馆，那年大学没考上，这道菜却结出了正果。之后，又一年，为了给我加油，毛怪天天给我吃鳕鱼炖豆腐，补脑嘛。

等我终于考入大学以后，鳕鱼炖豆腐也成了小餐馆的名菜。毛怪这个人不爱动脑，餐厅名字就叫“吃你的豆腐”。

我们就去“吃你的豆腐”。

中午人多，老板也亲自出场招呼客人。坐下不久菜上好了，奶白的鲜汤，馋人的豆腐，鱼呢，全取中段，看得出是特意给我们的优待。我和小丑吃得稀里哗啦，满意至极。最后付账时，小丑惊呼：天啊，太便宜了吧，下次我们还来这里吧!

说完，他脸红了，又弱弱地补充：“我是说，可以有下次吗？”

就这样，毛怪的餐厅成了我和小丑约会的固定场所。小丑问我：“老板是你的亲戚吗？”我说：“不是，他是我家以前的邻居，我一直叫他叔叔。”

“哦，我也有一个这样的邻居，呵呵，我叫她妹妹。”

这时毛怪端着菜走过来了，小丑起身说：“谢谢叔叔。”毛怪看他一眼，白眼珠多、黑眼珠少，老脸忽然变得青面獠牙。“叔叔？我有那么老吗？”说完不客气地走掉，毫不顾忌周围人的目光，一路放着一串特响的连环屁，像快板。

我在后面喊：“你真小心眼！”

下一道菜果然咸了很多。

“你叔叔挺逗的，呵呵。”

“是啊，他以前当过演员，也演过小丑。”

【 5 】

后来我见到小丑的那个妹妹，然后，我因为这个妹妹和小丑吵架。冷战的时候我没有去毛怪的餐厅，而是独自一个人在宿舍泡方便面吃。当我把茶叶蛋丢进面碗时，电话响了，一个女孩的声音很酸很酸地说：“人生何处不相逢，请问，你有空吗？”我抹了抹溅到脸上的面汤说有，于是她约我在“吃你的豆腐”见面。

这场见面本来应该是一场情敌单挑，但是后来却不知不觉演变成了知己晤谈。这不知要感谢面前这一钵鳕鱼豆腐汤，还是要拜撒谎的小丑所赐。说起那个耸人劈腿的种种细节，真是三天三夜也讲不完。一样的请女生帮忙补戏袍上的珠片，一样的餐厅故意丢下羹匙使自己滑倒，一样的食堂菜里有老鼠尾巴的细节，一样的豆腐小饭馆，“吃你的豆腐”。

说到激动处，我们抚掌大笑——女孩什么时候开始长大，就是在她们吃了第一次亏以后吧。

或者说，吃了第一口豆腐——哦不，是让人吃了第一口豆腐以后。

最后我们同仇敌忾，拨通小丑的手机。

我们请他来吃豆腐。他敢来吗?

他应该去买块豆腐撞死。

【 6 】

大学毕业那一年，我既没有考研，也没有考律师。我也没有谈上正确的恋爱，更没有找到结婚的对象。庸庸碌碌的我，进了一家与自己的专业毫不相关的广告公司，就图它近便，离家不远。

公司的食堂超级难吃，并且真的出现了青椒炒老鼠尾巴这种菜。骇得员工们四散溃逃。他们爱吃中式快餐，一个托盘，一碗饭，一盘菜，一个汤，同样是一碗饭，一盘菜，一个汤，我当然更愿意照顾毛怪的生意。这是个食客不多的初春中午，窗子的屋檐还挂着几片融得快要虚掉的冰凌，毛怪坐在我对面，给自己倒了一杯据说是从吉林农村买来的野猕猴桃酒，跟我有一搭没一搭地聊着天。

我们就说起了“理想”这个大词儿。他感叹一声：“我他妈的怎么就从来没有理想，小棒子，你有吗？”

我也粗野地回应：“他妈的，没有。天生就没有，后天也没能习得。”

“当演员的，想要大红大紫；学法律的，想要当大律师大法官。谈恋爱的，想要嫁得风光。开餐厅的，想要数钱数到手酸……人人都有大理想，大奔头，都铆着劲地争取，可是我为什么，为什么总想往后缩啊！”

“别说了，你……就是人渣。”我拿过毛怪的酒杯，也呷上一口，‘我来给你讲讲那个人渣，克里斯陀弗，美国人，他24岁那年，放弃了父母安排的理想人生，独自一人去寻找自己的生活方式。1990年的初夏，克里斯陀弗没向任何人打招呼，开始流浪。6月，他的车子抛锚在亚利桑那沙漠。他干脆弃车前行，还给自己举行了小小的典礼：在沙漠里放了一把小火，烧掉身上的160美元，从此将荒野当成自己的万事达卡。”

持有这样心态的人渣，最后肯定不会成为百万富翁、伟人大腕，甚至不一定能活很久，因为他们是那么的不合时宜，不谙生存法则，不懂人情世故。但就是这个人渣，光芒却照亮了这个世界上另外一大批人渣。他们纷纷顿悟：人不应该活得那么累啊，轻松一点儿多好。

两个人中起码有一个醉了，才有可能把那样的猛话脱口而出，“人渣还是和人渣在一起比较适合啊。”

“这话靠谱儿。”

男人老了一点儿，瘦了一点儿，眼角和嘴角都往下垂着一点，其实比他们年轻时要好看。

【 7 】

回忆14年前，人们必会说，那是个没有大志向的少年。当演员却不爱听掌声，参加比赛却拒绝第一名，机会摆在他面前，他都一一拒绝掉，他太没出息了。人们瞧不起那少年。少年的爸爸被气坏了，每隔几天就是一顿皮鞭伺候他。被打以后少年很恼火。有一次，他捉住一个看热闹的小孩，并且重重地将那小孩搡倒在地。这时，一瓶治疗打伤的药油从小孩的手里掉了出来。

小孩并不怕他，自己爬起来，很认真地对他说：“我可以替你涂药吗？”

这只是人生回忆里，一个特别微小的细节。

我也不知道说它出来有什么用。

不过，就从那时起，往后再数14年，我和毛怪结为了夫妻。

Refinement love

芝芝小姐的{精美爱情}

络绎

太精美的爱情容易变成斤斤计较，粗针大线的爱情才更结实可靠吧。

【我需要的是更精美的爱情】

顾城临死前有一句名言：“我觉得我需要的是更精美的爱情。”如果赵佳茄问我什么叫更精美的爱情，我就会告诉他，精美的爱情，是全心全意的爱情，不是身在曹营心在汉，一边约会一边研究股票行情的爱情！因而，此刻，我对赵佳茄说出了憋在心里很久的5个字：我们分手吧。

赵佳茄压根儿没听清我在说什么，一边说，一边盯着他那只能炒股的手机，“还有5分钟收盘，今天的成败就看这最后 5 分钟了……”

我灰心透了，抓起包就走。

“喂！”赵佳茄刚准备追过来，又被服务生拦住，“先生，您还没埋单！”他一边手忙脚乱地掏钱一边喊：“芝芝，你回来！”

其实分手并没有想象中的可怕，尤其是和一个长期忽略你的感受，无法为你提供精美爱情的人分手，我就是最好的例子。虽然是一时冲动下了决心，可走出咖啡馆的那一刻我真的觉得如释重负！

我和赵佳茄交往了两年。我们刚认识时他骑单车带我，时不时腾出一只手到背后来找我的手。现在呢，一天到晚眼睛里就只有房子、车子、股票，估计连我有几只手他都记不清了，与其眼睁睁看着爱情被时间鲸吞蚕食，倒不如壮士断腕，挥泪斩马谡！至少我是喜欢短、平、快。

【我今天没有用“绿毒”】

紧接着是一个长假。

长假第一天，我浑身轻松，心情很靓，出门连手机都不带，和一帮朋友high到夜里两点，回去抓过手机一看，一个未接来电都没有。我愣了愣神，踢掉鞋子睡觉了。

第二天，第三天，手机上没有任何来自前男友赵佳茄的来电和短信，我绝不是希望复合，但至少他应该在突然被甩后，有所疑问吧，这才是正常的反应啊。这样想着，我不禁有点寒，他会不会，出什么事了？

好在长假会过去，早上，我在公司吃早餐，我的主任坐到了我对面。他是个小个子的中年男人，一边吃面一边问：“你用了‘绿毒’？”去年他给部门的每个人都准备了圣诞礼物，我的是一瓶Dior的“绿毒”香水，到现在包装还没拆过。

“我今天没用香水。”我说。

“奇怪，觉得挺香的。”他一笑。

一个假期积累起来的工作压得我没工夫胡思乱想。下午3点半，我总算从报表中抬起头来喘口气。电脑桌面上做出胜利手势的赵佳茄好刺眼，我刚把它换成XP自带的风景图片，主任这么巧端了杯姜茶走过来。

“有心事？”他瞄了一眼我的桌面。

“没有啊。”我心虚。

他洞若观火地笑笑，“工作上我是你的上司，不过私下里我希望你能把我当成好朋友。”

也许这不过是他的驭下之术，但是“好朋友” 3个字还是令我受宠若惊了。

【我的手机是不是坏掉了】

我常常疑心我的手机是不是坏了，不然何至于两个多星期了，赵佳茄连个电话都没打来？我总是一没事就在脑子里重温那天的情景，明明记得他看起来是不想分手的。

但是主任隔三差五的电话为Nokia洗刷了不白之冤，还没等到我对他倾吐心事，他已经主动来找我倾吐了，主任说：“你单纯。”我可能没有他想象中的单纯，但我不介意给别人留下涉世未深的印象，毕竟这对我没有什么坏处，不是吗？

主任和我提起大学时他曾经暗恋了一个女孩 3 年。有一次系里组织爬山，女孩穿的是高跟鞋，他很心疼女孩，又不敢过去扶她，就把自己的球鞋脱下来给女孩换上，自己光着脚，提着女孩的高跟鞋，不知道有多开心，居然第一个爬上了山顶，回去以后才发现脚底扎进了铁钉，没钱去打破伤风，脚足足肿了一个月，后来居然也就自己好了。他的故事把我听哭了，我甚至有些忌妒故事里的女孩，能够得到这样精美的爱。

“芝芝，你怎么了？”主任扶了扶眼镜，问我。

“我很感动。”我尽量不让他听出哭腔。

【差点就被潜规则】

那天夜里，赵佳茄来了，站在一个五彩的气泡里飘来飘去，看起来非常吉祥。“芝芝，这样够精美吗？”赵佳茄笑眯眯地问我。

我伸手去抓，气泡破了，赵佳茄掉到地上，发出一声惨叫，死掉了。

我吓醒了，一个激灵从床上坐起来，发现自己落枕了。

接下来的一整天我都无心工作，心跳忽快忽慢。我终于再也忍不住了，抓过手机就打，那边传来的是一把粗粗的女声，“喂？”

尽管粗，但可以肯定是女声，我有些发蒙。

“喂喂？”那边又喊了两声，干脆利落地挂了电话。

那个晚上陪客户喝酒的时候，我的表现异常生猛，客户眉开眼笑，“芝芝小姐真是女中豪杰！”主任说：“芝芝，你去敬一下隔壁包间的张经理。”随后小声说：“出去把酒倒掉。”

这时候我好像看到赵佳茄从另外一桌跑过来，捣捣我的胳膊，“你不要喝那么多！”说着就跑掉了。我端着酒杯追过去，“我还没敬你！”然后就这么直挺挺地摔倒了。

我的酒完全醒了，可是腿好像断了。

主任冲过来，“我送芝芝去医院！”然后他就一把把我扛到车里。车里的气氛暧昧又诡异。“芝芝，我——”他坐过来一点儿，搭上我的手。

“你太太就是你帮她提过鞋的那个女孩吗？”我没头没脑地说。

他愣了一下，默认了，“但是她和从前判若两人了。”

“关我什么事！”我突然愤怒起来，“下车！我要下车！”

腿痛得钻心，不知道该去哪儿，只好蹲在路边哭，说什么扮猪吃老虎？差点就被潜规则了！我在受苦，赵佳茄，你在哪里呢！我突然发现，我一直以来都在嘴硬。我根本不想和赵佳茄分手。我自始至终都在等着他来求我。怎么办？我只好像抱着救命稻草一样死死抓着手机，打电话给他。请上帝保佑那个粗声大气的女人能够走开一会儿，可是我又听到了那声粗鲁的“喂喂？”，我哐啷一声把手机摔了出去。

其他人我都不恨，赵佳茄，我只恨你！

【一车精美的礼品】

3个月之后，赵佳茄突然又出现了。我敢打赌，如果他早一点儿出现或者晚一点儿出现，我都不会像现在这样手足无措，举止失常。我假装没看见他，端起杯子喝水，但我忘了杯子是空的。

他走到我面前说：“你好。”我也只能说：“你好。”

“出来一下。”他向我招招手。

我跟着他钻进车里，后排座椅上满当当的毛绒玩具、香奈尔的化妆礼盒、几个施华洛世奇的蓝色小纸袋，甚至还有一个第凡内的首饰盒。我难以置信地看着他，这太神经了！他不能这样！在扔下我这么长时间之后，突然带了一堆神经的东西来找我，这算什么？赡养费吗？

“这几个月去哪儿玩儿了？”我知道自己已经没有资格发作，所以极力克制自己，尽量问得心平气和，可是后视镜里我的嘴唇不争气地乌紫了。

“我去找精美的爱情了。”他看起来十分得意。

“哦，找到了吗？”我想起那个粗声大气的女人，看来是找到了。

“这些难道都不够精美吗？”他指了指后座。

我还没反应过来，他就自顾自说开了：“说老实话，一开始我真的生气了，不想理你了。可是不行，你老是沉甸甸地压在我心里。后来我就想通了，你这么精美的人，值得拥有精美的爱情，所以我花了半个月的时间到处去买这些东西。等到我买好了兴冲冲地去找你，他们却说你辞职了，连号码都换了。我知道你生我的气，可你干吗把工作辞掉呢？现在这个地方好难找。”

他说了半天，我才慢慢开始理解他的意思。我想这厮是不是把精美的礼品当成精美的爱情了？难道，他是来找我和好？可那个女的算啥？

“是吗，那个女的是谁？你别告诉我是你的阿姨或者表姐。”我讨厌自己阴阳怪气的嘴脸。“哪个女的？”他愕然。

“就是每次都帮你接电话的那个。”

“胡说八道！”他涨红了脸，“我对着刹车发誓，如果我赵佳茄有什么其他女人，待会儿回去的时候就让刹车失灵！”

我掏出手机找证据，“那如果我冤枉你就让我——”誓还没发完，就发现不对劲，通话记录里的那个号码虽然显示是“赵佳茄”，但是第四位数字却和赵佳茄的不同，“见鬼了……”

他抢过去，“你怎么还在用这个破手机啊？网上早就有人发帖说诺基亚的这款手机有bug，第四位无论拨错成什么数，显示的都还是原来那个名字！不过幸好我有先见之明——”他爬到后座上刨出一个手机递给我，“帮你买了更精美的手机！”

【我和从前判若两人了】

悬了 4 个月的心啊，终于BIAJI一声落地了。我捧着这个“更精美的手机”，出现了短暂的脑梗塞，跟着，我忽然觉得那些形而上的痛苦全都不重要了。我想念赵佳茄，这几个月我没有一天不想他，去它的精美爱情吧！我为我的矫情感到脸红，赵佳茄在这里就是生命的奇迹，我再也不要和他分开，再也不会说出分手这种蠢话了！

赵佳茄的手机滴滴响了两声，是他设置的开市闹钟。他又开始忙着看手机了，“今天如果能解套的话，就可以给你更精美的爱情了。”他根本就不知道我是因为什么和他分手，可是那有什么关系呢，太精美的爱情容易变成斤斤计较的爱情，粗针大线的爱情才更结实可靠吧。我不希望将来有一天，我爱的人去找别的姑娘倾诉：“她和从前判若两人了。”

“我想你！”我坐在赵佳茄旁边，在和他分开了 4 个月之后，大悲大喜，大彻大悟地对他这样说，我还是习惯性地伸出手来给他握，他不握的话……倒也没什么关系。

“我也是！”但是这次，他一边盯着手机一边把我的手放进了怀里。

Be dim about

多拉那时不懂{A梦}

佩灵

如果你也在香港，混在尖沙嘴，当你遇到一个会讲4国语言的小警员时，可不可以帮忙告诉他：大雄对不起，多拉那时不懂爱情。

【1】

电影学院毕业很久后，我到香港做了派对小丑。比起那些留在北京跟苍蝇一样到处乱撞的同学，我的前途一片光明。

只因为这个叫“香港城市”的派对男女都爱唐多拉，因为只有唐多拉这样从内地来的派对小丑才可以满足他们千奇百怪的要求。比起看那个叫“飞雪”的小魔术，他们更热衷于让200港币3小时的我扮演各种造型，贴在墙上的时钟，调到了震动的手机，吃到了辣椒的雪纳瑞……

但当我蹲在一群客人中间假装自己是只茶壶的时候，我遇见了大雄。

他穿着TVB里警匪片里经常出现的警察制服，一脸正气地闯进来，对着我们大声嚷嚷：“差人伦干，差人伦干……”那会儿我刚到香港 3 个月，口袋里揣着《日常白话300句》的小册子，在超市买个东西都会把100元听成100万。像“警察临检”这么有内涵的语言，我是听不明白的；而讲普通话对大雄这种有大舌头的香港人来说也是个技术活儿。所以到最后我被他拉上车带回了警局。

其实那一次，大雄也只不过是例行检查而已。只不过这只刚刚通过PC考试的菜鸟觉得有义务将每一个“不明物体”都带回警局接受讯问。

证件齐全、身家清白、根正苗红的我无辜地被带回了警局，直接导致了大雄在他们督察的办公室里受训了整整2小时。这期间我的鼻头上顶着一只小红球，一边听着旁边IP办公室传来的铿锵有力的粤语练习听力，一边优雅地端着咖啡杯喝着用香港纳税人的金钱换来的雀巢。最后他灰溜溜地走出来，随手抓了一张记事贴写了张纸条给我，黑色的繁体字扭来扭去地爬在黄色纸条上：你住哪里？我现在送你回去。

来香港3个月，我理直气壮地坐上了香港皇家警察的小警车，在尖沙嘴向西贡的道路上一路驰骋。天空上星星闪烁，夜色美得诱人，我的小丑服的袖子里还装着那个叫“飞雪”的魔术道具。我打开车窗，对着手掌吹一口气，漫天的雪花从我的袖口洋洋洒洒飞向夜空……

旁边的大雄一声怪叫，然后我又被带回了警察局。

这一次是因为乱扔垃圾。

我一把鼻涕一把眼泪地趴在警局的桌子上用笔交代自己的犯罪经过。我的字写得并不比大雄好很多，但是我还是很流畅地表达了我的心酸：我好不容易来香港混，我老家有个生病的妈，我爸下岗没工作，我弟还在读高中，我的生活也不容易。

大雄同情地看了我一眼，他的眼眸里荡漾着忧伤，结果，我还是被起诉了。

【2】

TVB的港片里，香港警察人人都有奔驰、宝马，根本就是骗人的。小警员大雄交班后领着穿宽大小丑袍的女人坐完地铁又转小巴。在巴士站，他穿着JUICE的条纹T恤很体贴地到24小时便利店给我买奶茶。我使劲咬着吸管，很鄙夷地看了他一眼，这个人不知道JUICE是冠希兄的产业么？难怪叫大雄，“胸”大无脑。

前往西贡空荡荡的巴士上，只有我们俩和一个司机。大雄小心翼翼地看着我的脸问：Can you speak in English?

那么多年的义务教育学校不是白上的，我鬼火直冒：Yes,I can!!

于是我们沟通的官方语言变成了英语，中间偶尔冒出几句粤语和普通话，炫耀性的法语和日语，活像外资企业里那些白领谈判，你来我往，仿佛如果你能把火星鸟语都用上，那么你就是赢的一方。

犯人和警察之间终于找到了共同点，我们都是语言天才。我们彼此惺惺相惜，同病相怜。

这个叫大雄的小警员喜欢上了自己的犯人，我知道。有时候男人和女人之间似乎有火花，就是那么一两个眼神的事儿。大雄看着我，就算我的头顶是金黄的卷毛，鼻子上还有小红球，他的眸子依然在熠熠发光。

【3】

在到香港之前，我热衷于用扑克牌算命。算的大多是，以后会找个什么样的男人，会不会很有钱，会不会变成张曼玉。后两个问题不方便过早下结论，但第一个问题现在我知道了。发誓要为事业拼搏的唐拉多，刚到香港 3 个月就很堕落地交了个小警员男朋友大雄，而这个男人直接导致了自己站在香港的法庭上接受审判。

如果我妈知道我这么没骨气，会一巴掌把我拍死。

我们一起在西贡的小房子里住了下来，我不当小丑他不做警员的时候，我们就一起看碟。大雄是个狂热的电影爱好者和遵纪守法的香港公民，几乎每一部片子他都是买正版。所以当内地号称投资上亿的电影来香港宣传的时候，他的普通话已经被我教育得很好了。

所谓的看首映礼，其实就是我负责混在一群狂热的影迷中间，高高地举起NOKIA5300的300万像素摄像头对着红地毯的明星一顿猛拍。而大雄则跑到周围看是否有黄牛能买到打折票可以混进去看片子。

2008年春天，内地当红新秀张鸣穿着黑色的正装，姿态优雅地牵着另一个女明星的手缓缓踏上红地毯。身边的女孩发疯一样地尖叫。他很有礼貌地停下来，为一个女孩签名。距离那么近，他的黑色袖子上是白金的袖扣，我一扬脸就可以看到他眸子里淫荡的笑意。只是，张鸣淡淡地扫过我的脸，然后离开。

去淘黄牛票的大雄不知道什么时候挤回到我身边，满头大汗，JUICE条纹T恤浸湿贴在背上。他张牙舞爪地扬起两张票：我买到了。可我心底莫名地起了一阵厌烦，冷冷地说：我不想去了。

大雄一惊，问我：那你想做什么？

我去了尖沙嘴，把大雄丢在了张鸣的首映礼上。那一天晚上，我穿着崭新的小丑袍，一个场子接一个场子地拉生意。我笑容可掬，亲和力超强地问："老板，要即兴节目么？老板，看魔术表演么？"大部分的酒客都神情鄙夷地赶我离开，只有那么几个人愿意花200港币看我表演。

我喜欢演戏，如果不能像张鸣那样幸运，那么演茶壶也是可以的。

收工时，我赚了500港币。其中100港币是和一个客人打赌，灌下了半瓶不兑苏打和绿茶的洋酒换来的。走出酒吧，路灯下站着的是大雄。

他一把抱住我，在耳边低低地说："多拉，难道这就是你想要的么？"

我听见了，但是不能说话，喝醉了的人是不可以乱说话的。大雄，刚刚通过PC考试的小警员一个月拿一万刚出头的薪水还不够多买几张正版DVD，一年后或许他可以考高级警员，3 年后可以考警长，40岁能成见习督察就算不错。

这些话我都不能说，所以我只好在他怀里昏过去。

【4】

张鸣给我打电话的时候，我正酒精中毒留守在西贡医院打点滴。从九龙到西贡，也许是插了翅膀才能那么快地飞过来。我没有问他从哪里知道我的号码。网易同学录上每天都有人在往上面贴自己的联系方式和职业，生怕老同学不知道自己已混得人模狗样。

他带着大墨镜和渔夫帽，但还是含情脉脉地拉住我的手，问我："你还在生我气对吧？你原谅我了么？

你为什么一个人跑香港来？为什么不留在北京？”

最后他说：“我找了你好久，跟我走。”那是电影里的一句台词，现实中说起来居然也那么掷地有声，砸得人直心疼。

中午，当穿着号称两公斤重的制服，提着周记的猪肝粥赶过来的大雄得知已被另外一个人篡权夺位时，他把猪肝粥留在了病房，人走了。

走到门口，又回过头说了一句话，不是汉语，不是英语，也不是日语和法语。原来，他还会第五种语言，说不定真的是火星语。

西贡的公寓里，他什么都没带就离开，刮胡刀、除毛膏、男士洗面奶，只带走了一大箱子的电影光碟，用警员薪水买来的正版DVD。我把这些东西都打包进一个箱子里，贴上寄往警局的地址。可笑吧，生活在一起那么久的两个人，居然连他的家都不知道在哪儿。

已不重要了，我有了张鸣，那个大学时候在我的宿舍楼下拿着把吉他唱情歌，唱到差点挨处分的男生。

没什么比破镜重圆更美好的青春。尽管我失去了大雄的消息。

【5】

我不再做职业小丑，拖着小箱子从西贡的小公寓搬到了九龙的海景房投奔我的幸福。张鸣因为人气过高，也签了香港的经纪公司。

我一直以为所谓的人在做天在看，举头三尺有神明都不是针对爱情而言的。

2008年愚人节，我和张鸣去兰桂坊喝酒。一个打扮得很有品位，连出去吃个饭都要被拍照的女人走过来对我说：我有了阿鸣的小孩，你考虑放弃他好么？

我回头看张鸣，他正将眼神瞟向远处，哼着小调装没听见。我不是吃饭都会被拍照的优雅女人，连与情敌的短兵相接都能保持自己的风度。所以我只能一杯接一杯地坐在两个人中间喝加了冰激凌的百利。

我只喝这种甜腻到让人沉醉的饮料。固执地选择一种甜蜜，就好像和张鸣当初勾了勾小手指，我就不顾一切地投奔幸福一样。如果一个人可以一直在甜蜜中沉醉下去，不再醒来该有多好？

我又酒精中毒了，张鸣没有开着他黑色的BMW送我离开，我摇摇晃晃地跑到大街上想拦下一部车去打止吐针。最后一个穿制服的警察把我送进了医院，上车时候我仔细看着他的脸，哦，为什么不是大雄。

落魄可耻的背叛者，是不配再遇到王子的。

【6】

2008年，电影学院毕业4年，我26岁。当初很多在北京像苍蝇乱撞一样的同学到现在依然在乱撞，也有混出了名堂的巨星，比如说张鸣。而我，唐多拉，回到了西贡的小公寓。

我的粤语已经讲得很好，每天晚上都穿着宽大的小丑装，带着金色的假发，鼻子上顶个小红球为到酒吧来找乐的客人表演。他们已经不再喜欢看茶壶，但200港币3个小时的表演，就算让我演抽水马桶我也愿意。我在这个繁华的城市依靠着微薄的收入一边小心翼翼地生活，一边企图撞见那个会说外星语的小警员大雄。不为别的，只想知道分手那天他说的是什么，是否也是那句：多拉跟我走。

所以，如果你也在香港，混在尖沙嘴，那么当你遇到一个会讲 4 国语言和一种火星语的小警员时，可不可以帮忙告诉他：大雄对不起，多拉那时不懂爱情。

我怎么会离开你。

Meet cockroach
出来混总是会遇见{小强}的

佩灵

我们原本只是两个无所事事、看不到未来的孩子，我们彼此相爱、不离不弃，却在盛夏的某一天各自走向无处可去的地方。

【A】

2004年，我和大萧像蛤蟆一样背对着背，撅着屁股聊QQ。

其实干我们这种职业的，都是些牛鬼蛇神、没心没肺的人，每天挨骂的次数就跟深圳的德国小强一样多。大多数时候，被骗的人在电脑那端以国骂开始时，我就坐在电脑这边不知廉耻地大笑。劣质的音响还在一边大声地响着："我是一只打不死的蟑螂，有时候想要低调却很难，因为我有某种的不平凡，像在角落等待机会的小强……"

我的QQ名字叫腾讯客服Daisy，每天要做的就是不停地按ctrl+v粘贴在word文档里的话，发给每一个看起来单纯无知的孩子：

腾讯公司N周年活动，您的QQ号被抽中三等奖，请联系本客服领取三等奖，奖品神舟笔记本电脑一台。

虽然大萧说过的，1000个人里总会有一只猪。但在这个马路上随便走一圈都要烧钱的城市，Daisy小姐依靠ctrl+v换来的钱仅够维持500块一个月的农民房和楼下5元一盒的湘菜便当。而且自从那只企鹅公司在每一个聊天窗口下都加上"请勿轻信中奖消息"后，生意也变得越发艰难。

但是我不害怕，因为有大萧。

一连几周开不了张的时候，我们就被房东赶了出来。在深圳黄昏的灰霾里，蹲在路边的花坛上抽烟，屁股后面是我们谋生的电脑和王菲最爱用的蓝红条编织袋。

大萧把最后一根烟留给我，自己抽烟屁股。最后他猛吸几口，抓抓染成黄色的非主流头型，很负责地对我说："你放心，你是我女人，我一定会养你。"我很感动地点点头。

那时候他想给我的东西很多，南山后海的小高层，卓越网上800块1瓶的眼霜，中信里5K一副的DIOR黑超。他沉醉在未来的辉煌中自鸣得意，忘记了自己的微不足道，同时也不会知道：在2004年夏天，我唯一想要的只是找一间没有小强的小房子，有床、有厨房、还有我们的爱情。

【B】

打不死的小强总是顽强地生活着。可是穷疯了的时候，我们还是得出去找工作。

我们去了人才市场，被人挑猪一样地点人头，点到的拎上包就能进厂开工，工资不高但却管吃管住。几天后，大萧发现进工厂做流水线工人会浪费他的智商。他满腹抱怨，牛P烘烘地把一周的薪水甩到刻薄的值班组长脸上，转头就上街买了把水果刀。

临走前，他抽着烟捏捏我的脸蛋说："女人，照顾好你自己，我会来接你让你过好日子。"

一连好多天都见不到他，而我的确不知道他在做什么。当我快要打110报告人口失踪的时候，他意气风发地来了，头发重做成据说是500个大洋的鸡窝造型，西裤裤兜里装着一大把钱。

大萧一张一张地数钞票给我得意洋洋地说："看吧，我都说我能养活你。想买什么衣服多买些。"

那叠粉红色的钞票我数了又数，整整20张，相当于我两个月的工资。我突然感到害怕，却不想去了解他做了什么。至少在这座冷漠繁华的城市，我唯一能依靠的，就是把我当成马子的大萧，就只有他不离不弃地跟着我。

所以当大萧第N次提出要我辞职跟他干的时候，我再一次拎着包毫不犹豫地投奔了我的爱情。

第一次开工，在午夜3点。我们躲在农民村肮脏的小巷里如同潜伏在夜色中的豹子，伺机而出。晚上出来混的人，如果不是土匪，剩下的晃晃水果刀就会吓得尿裤子。当一叠叠钞票被放进大萧口袋时，我只负责在巷口的路灯下望风，麻木的表情下是一颗快要蹦出来的心。

那一刻，我终于发觉之前冒充腾讯客服Daisy小姐的生涯，根本不再值一提。豪华的大房子里 ，自然没了小强，那些拿着扫帚追打小强的记忆也渐渐淡去。

收入渐渐好起来，我们从农民村搬进了后海租金昂贵的小高层。大萧买了很多东西给我。最好的衣服和最好的化妆品，他甚至打算送我去考驾照，然后买辆小QQ给我开。他很开心，每天晚上一定要喝两瓶老金威。喝够了就醉醺醺地骂娘："老子就晓得钱是一个好东西，要什么有什么。跟我混，这辈子你是跟对人了！"

我看着他，觉得他不再是很久以前的那个大萧。他整天地酗酒，骂人，不出去干活就是玩网络游戏，狂热地信仰有钱就是爷的道理。和他在一起的日子就好像失控的火车，不知道什么时候就会脱轨，如果可以我宁愿回去当腾讯客服daisy小姐，至少那时的我们只是在利用人们内心的欲望，小心翼翼地生活。

那几天，大萧看出了我的害怕。他朝我肆无忌惮地笑，摸摸我的脑袋说："被吓成这样了，怎么跟我混啊？"我惶恐，揪着他的衣服哀求："我们的钱也差不多够了，你不是说想回老家复读高三吗？伤天害理的事做多了，你不怕会遭天谴么？"大萧眼神突然暗淡了下来，可是就一瞬间，随后他冷冷地看了我一眼。

我没有落泪，安静地看着这个金发男人。

那一年，我只不过是蹲在学校门口抽烟，他走过来，很勇猛地对我说："你做我女人好吗？我喜欢你，我会罩着你。"

【C】

我相信一句针对青春期女生的话：男人不坏女人不爱。所以就算大萧不再是我熟悉的那个人，我依然爱他。

生日那天，大萧带我出去吃饭。我们去了世界之窗的威尼斯酒店吃海鲜，餐厅的装修、服务和价格都很贵族，而我们却吃得好像两个刚进城的土包子。最后一道椰奶雪蛤端上桌子时，一个眼睛下贴满亮片的非主流姑娘走过来，抱住大萧旁若无人地狠狠亲了一口，嘴里大叫："老公，我好想你呀。" 大萧脸色一白，哼哼唧唧地应付那个女孩，直到女孩离开时他才心虚地来了一句："是游戏里瞎认的朋友。"我没有说话，雪蛤和椰奶混在一起的时候，就只有椰奶的味道了。一口口吞下去，嘴里酸酸地，酸到心都在发慌。

回到家大萧没事一般，背对着我撅起好像蛤蟆一样的屁股玩劲舞团。一个衣服卖得比现实中还要贵，只要有钱就可以妻妾成群的游戏。那里的女人流行很酷很天真，打字用你永远都看不懂的火星文，照相会嘟着嘴装可爱然后用PS加腮红。更重要的是，她们崇拜他。

大萧好的就是这一口。只是我一直没发现原来这个该死的游戏，就是他热爱金钱多于全世界的原因。

我弹掉烟头，咬着牙发狠地说："今天晚上最后一票，明天散伙！"他终于转过头来，望了我一眼，淡淡地说："好。"

那天晚上，我们都喝了很多酒，迎着风一前一后地跑到老地方。而就在我站在巷口放风，大萧亮出水果刀的那一瞬间，四周不知道从什么地方蹿出了十几名警察。

冰凉的手铐，是我从伪装腾讯客服那一刻开始就有想到的主要情节，但没想到会出现在我们爱情的告别盛宴上。

被人扭上警车时，我望了大萧一眼，他耷下了那只狂妄的脑袋。

【D】

24小时后，我被释放了。

他们没有证据抓我。在四方的审讯室里，我咬着牙一个字都没有说。而大萧却包揽下所有的罪行，他说：我不认识那个女人，要带也要带个能干活的人啊。

离开警察局的时候，最后一次路过他。他还被铐着手铐，很认真地趴在桌子上写着什么。我使劲看他的样子，他却再没有回头看我一眼。

第二天，我买了去四川的机票。四川的姑妈是一所大专的主任，对花钱买文凭的事很在行。在花光了我和大萧所有的积蓄后，我终于买到一张口腔医学的大专录取通知书。拿到通知书那天，我坐在泸州人来人往的街道上号啕大哭。那一刻，我想我把大萧抛弃了。

班里所有的同学都比我年轻，那些未来的牙医们会包夜玩劲舞团，轮流吹嘘曾经的那些“丰功伟绩”。每当话题转移到我的身上时，我只能傻傻一笑：你们都好厉害啊。

偶尔也会想起大萧，就上百度去搜索他的名字。终于在深圳之窗的一条小新闻找到了他的消息：抢劫惯犯落网，被判两年。新闻中的照片用了他入狱后的样子，头发被剃得露出了泛光的头皮，依然很勇猛的样子。

3年后，我大专毕业顺便考了助理医生资格。在网上找了一圈后，我又回到了深圳，在一家美容医院穿上白大褂，人模狗样地当了牙医。

口腔科室主任是策杰，刚刚从德国进修回来的28岁男子。上网只去雅虎，工作只用E-MAIL，聊天只用MSN。而这些工具，我统统都不接触。终于在一个夏日的午后，他眼神温暖地对我说：来帮我申请一个QQ号码，好吗？

此时我已26岁，不再是可以轻易浪费感情的年纪。一天后，我成为了策杰的女朋友，在他新申请的QQ里，我是唯一的那个名字。

那一天，策杰兴冲冲地跑来告诉我说他中奖了。转头一看，QQ对话窗口上一行熟悉的文字：

腾讯公司N周年活动，您的QQ号被抽中一等奖，请联系本客服领取一等奖奖品广本汽车一辆。

对话窗口的名字是腾讯客服Daisy。

时光迁移，爱情会变，唯有某些骗术是永恒不变的。我用策杰的QQ回了句国骂，他没有回话，但是能想象他在那端撅着屁股，没心没肺大笑的样子。然后我说：大萧，别再玩了。下一秒，他的头像突然就灰了，从此彻底消失。

2008年，我告别了策杰，搜寻着网络的每一个角落。搜寻着大萧，甚至搜寻着我们的小强。

我想，我们原本只是两个无所事事看不到未来的孩子，我们彼此相爱，不离不弃，却在盛夏的某一天各自走向无处可去的地方。那么，大萧请让我把你找回来。

Hypnotismman

{小催眠师}的牛排与艳遇

络绎

能医者不自医。有时候，我也会相信算命先生的话，嗯，我知道那也是一种催眠。

【 1 】

“你应该挺喜欢吃肉的吧！”坐在我对面的那个男人推过来一碟牛排。这是他今天晚上第三次说这句话，没错，我是胖了一点儿，嘴巴大了一点儿，还有两颗龇出来的小犬齿，可是据此判断我属于食肉动物也太欺负人了吧？

好在他总算换了话题，“那个，”他挠了挠头说，“我是做保险的，你呢，你做哪一行的？”

“我做心理咨询方面，引导病人通过自我暗示来缓解压力，嗯，简单地说，就是催眠师。”

我小心翼翼组织着语言，尽量避免吓着这个弱不禁风的家伙。

“催眠师？”他显然还是被吓到了，隔了半秒钟，眼睛刷地亮了，“你是说你会给别人催眠？自我暗示？这管用吗？？”

如果真有用，我还跟你在这里耗个什么劲！早就“林芬芳是宇宙超级无敌美少女”地把你催眠了！我支支吾吾地说：“对于自身意志不是十分刚强的人来说，是有用的。”

“我就是属于那种意志薄弱的啊！”他高兴地说，突然脸色一变，“我去趟洗手间！”

看着他玉树临风的背影，我忍不住悲愤起来，你说这全中国3000万光棍，怎么就没一个明白“丑妻贱妾胜空房”的道理呢？想我林芬芳，前前后后少说也相了十几回亲吧，有的见面时还相谈甚欢，一回去就把我拉上QQ的黑名单，还有的使出《第一次亲密接触》里的老土手段，“喂？喂？你说什么？网络故障要回去抢修？好，好，我10分钟以后到！”结果黄鹤一去不复返，顺便还逃了埋单。

想到这儿我顿时警惕起来，这个叫杜未来的人去了很久了，该不会也是尿遁了吧？我自认晦气地掏出钱包，没想到他居然回来了，一脸憔悴地抱怨：“这家餐厅的东西不干净啊。音乐也太吵！”手一扬，“埋单！”

我刚因为他诚信归来而绽放出的笑容立马僵在脸上，因为不喜欢我，所以恨屋及乌地讨厌上了我挑的地方，这是明摆着的事了，显然这次相亲又以失败告终，既然如此，我也不用在他面前顾及什么形象了！

“慢着！”我说。然后我就雷厉风行地吃起了牛排。

“我说你喜欢吃肉吧。”他病恹恹地，又有点得意地说。

【 2 】

距离那次见面已经有一个星期了，杜未来果然没有再和我联系。

我想我就是贱，所以，去诊所的路上，看见路边的算命摊，我还是走了过去。“麻烦看一下我和这个人的缘分。”我从包里掏出杜未来的照片递过去，算命先生放在鼻子下面使劲嗅了嗅，头摇得像只拨浪鼓一样说：“没戏！没戏！”

虽然仅存的一丝幻想也破灭了，我还是油然生出一股对他的钦佩之情，铁嘴啊！神算啊！

“姑娘，你生得靓——”

这话一出，气得我恨不得踹他两脚，我倒要看看他还能怎么掰。

“姑娘，你上辈子生得靓啊！”他继续摇头晃脑地说。

一场误会，原来人家说的是上辈子。

“你上辈子是秦淮河边的一名歌妓，照片上这位兄台呢，前世是一位翩翩公子，爱你爱得死去活来，可是你对他始终不冷不热。他因你失魂落魄，有一天他终于失足掉到水里淹死了。你欠他太多，所以这辈子你会为他付出很多很多的眼泪。”

原来我上辈子不鸟杜未来，搞得人家投水自沉了！相比之下，我这一个星期没睡好觉实在算不了什么，就当做一种迟来的补偿吧，我拨云见月，心头大好。

【 3 】

虽然我比任何人都知道，算命先生只是帮我完成了一种心理暗示，可我仍然乐意接受他的催眠，能医者不自医，眼看着奔三张去了，什么样的歪瓜裂枣都相过，估计二婚人士和残障人士很快也将陆续登场了，找个人结婚生孩子就那么难吗……这个杜未来，倒是不歪也不裂，可是有什么用呢，再好也不会是我的，谁让我上辈子不鸟人家呢？

我一路胡思乱想着到了诊所，助理小妹正懒洋洋地窝在沙发上修剪指甲，也难怪她缺乏工作积极性，谁让我一个月只给人家800块呢，可是没办法，地主家也没有余粮啊。

电话响了，“林医生，有病人求诊。”

我精神一振，“快请！”两个字溜到嗓子眼，好歹被我压将下去，换成了稳重的“请他进来”。

财神一进门，首先挠挠头，“不打扰你吧？”

我定睛一看，竟然是杜未来，想不到啊，我上辈子不鸟他他也不记仇，这辈子还来光顾我，我感动，暗暗决定给他一个前所未有的折扣。

“有什么可以帮助你的吗？”我露出温煦的职业笑容。

他拧着眉毛，快快不乐地说：“你也知道做保险这行，跑断腿也拉不到几份保单，还要整天受客户的气，每天都很累，总觉得没法彻底放松。我想你能不能帮我做个催眠，让我好好睡上一觉。”

“当然，那么请你先躺在这张沙发上，尽量地放松全身，全心全意去感觉自己的呼吸——”我想着即将到手的诊薪，嗓子里好像调了蜜，“呼——吸——呼——吸——没错，做得很好，现在想象你自己好像在一部电梯里，电梯正在从30楼下落，你到了29层，28层，27，26——”我的声音越来越轻，“25，24——”

杜未来已经蜷在沙发里打起了小呼噜，他果然是个意志薄弱的人。

我趁机肆无忌惮地打量起他来。一般人的睡相总归有点难看，当然帅哥美女除外，杜未来的睡相就很好看，他的头发带点调皮的自然卷，一股脑儿拥在耳朵后面，又密又长的睫毛乖巧地盖在黑眼圈上，下巴那里有刚冒出来的淡青色胡茬!

稳住！我翻出报纸做小强填字，试图转移注意力，可还是忍不住频频偷看杜未来，太惹人怜爱了嘛，过过眼瘾也是好的。

我正在天人交战着，杜未来醒了，伸了个大大的懒腰，“好舒服呀！好久没睡得这么踏实了，我睡了多久？”

“大概半个钟头。”

“我觉得好像睡了半天呢，你真厉害！”他由衷道，一扫刚来时的萎靡，神采奕奕地指着墙上的价目表说：“一次心理咨询600块，你的收入一定很高！”

我笑，“熟人会有折扣的，我给你打个 5 折好了。”

他的嘴巴张成O形，“我以为我们是在约会。”

我没有听错吧？我的心漏跳了半拍，又突突突地狂跳起来。

【 4 】

没错，我损失了300块，可是我得到了一个男朋友，我觉得很值。

我和杜未来就这样约会起来，大概一个星期两次的频率，约会地点，嗯，大部分是在我的诊室，当然也不全是啦，有一次就是在西餐厅。哦，对了，就是你知道的那一次，杜未来那次吃坏了肚子，大概从此留下心理阴影，再也没有请我去过任何餐厅。没关系，在诊室也是一样啦。

每次的约会内容都差不多，杜未来拖着疲惫的身躯，来我这里畅快淋漓地睡上一大觉，然后脱胎换骨地重返社会。他安安静静躺在沙发上睡觉的时候，总让我想起《无间道》里的场景，那种感觉很温馨。可是，当他醒来的时候，从来没有像电影里的梁朝伟一样深情地凝视着我，他也没有给我买过礼物，没有送过我一朵花，甚至没说过一句像样的情话，除了那句经常挂在嘴边的“林芬芳，和你在一起我感觉很放松”。

人来了就好了嘛，赏脸陪我谈个恋爱就够了嘛，我总是这样安慰自己。可是如果我不说，别人一定看不出我们是在恋爱，甚至连我自己也很难感觉到我们在恋爱，没错，我为杜未来作催眠，为他织围巾，甚至兴致勃勃地为他网购爱心煎蛋锅，可如果始终只有一个人对另外一个人的付出，他们的这段关系，可以称之为爱情吗？我想也算是吧，就像我常常对病人说：“感情中无须计较得失，付出也是一种收获方式。”

【 5 】

我苦苦支撑着我们的，所谓爱情。

那天，杜未来照样来我的诊室约会，醒来之后，他第一次深深深深地凝视着我，他眼睛的电力一点儿也不比梁朝伟弱，看得我血流变慢，心跳加快，呼吸艰难，他就这样看了我2分钟之久，然后，脸颊红红地，有点羞涩地说：“我想介绍你跟我买一份保险。”

我脑子里嗡地一下，这么多天以来心里的委屈就像潮水找到了决堤口，鼻涕眼泪喷薄而出。不就是上辈子不鸟他嘛，怎么报复得这么厉害啊！我一共给杜未来催眠过37次，就算打5折也有一万块钱了吧，因为他总是神龙见首不见尾地说来就来，我还推掉了几个预约好的客人，我的诊所都快倒闭了。他的狐狸尾巴也终于露出来了，来跟我拉保险了，要榨干我最后一点剩余价值啊！我再也不要自我催眠了，再也不要相信什么狗屁爱情了！我哭得一发不可收拾，算命先生说的没错，我真的要把一生的眼泪都还给他。

他好像被吓傻了，半天才从口袋里掏出一个蓝色丝绒盒子，结结巴巴地说：“我，我想介绍你跟我买一份爱情保险。”盒子里是一枚戒指。

“林芬芳，”他说，“你能嫁给我吗？”

冷静！这个世界上有一种病叫幻听。

“我们也交往了半年多了。”杜未来说，“和你在一起让我觉得安心，你不像其他女孩那样俗气，我不请你吃饭，不送鲜花，不给你买东西你从来都不会抱怨，我承认我是有点儿小气，可是我挣的钱不多，我只想在最短的时间里买只戒指送给你。我想娶你，林芬芳，这个世界上我只想娶你！”

冰火两重天的感觉实在太过刺激。

杜未来接下来说了一句比泡菜还酸的话，“你爱吃肉，我也爱吃肉，我们食肉动物也要相亲相爱呀。”

那枚戒指，当然没有易先生买给王佳芝的那么大，只是一个不会超过20分的小小的钻石，可是对我来说，它是天上最亮的星。

琵琶声里汉宫秋

冯一北，你什么时候能靠谱一点儿？

被嫌弃的飞鞋小姐的一生

曼谷爱情故事

贝多芬听不到升C小调的告白
乌云先生的彩虹小恋人

Feng yibei

{冯一北}你什么时候能靠谱一点儿？

浪漫灰

跟一个善良的人在一起，就算再不靠谱，也会有快乐的人生。

【2008年5月12日】

14点28分发生了什么，就不用我再说了。我说的是4天后，相邻城市的、和我在网店上“团”过A货包包的一个团友，在QQ上非拉着我跟她去灾区做志愿者。她很热衷于慈善事业，就像这次，她非要去地震灾区，还一定要去重灾区。目前她那个志愿者团队只有她一个女的，她想再拉个女伴。

其实不是我不愿意去，只是那里余震不断，像我这样脆弱的人，去了恐怕也是添乱。我让她联系别人。她说别人全不如我善良，她们肯定不如我答应得痛快。

说到这份上，我还能说不去?

然后就核准出发时间，他们车队去四川需经我所在的城市，她让我等在国道入口处即可。下线前，团友暧昧兮兮说起带队队长，是个很靠谱的公务员，仕途明朗，长相俊美，27岁，未婚，也没正式的女朋友，示意我抓住机会。

我赶紧打断她：“拜托，我们是去救灾，不是去风花雪月的。”

“哼，等见了他的人，你想的就不光是救灾了。”最后，她说“长相俊美”的公务员叫冯家伟，出发那天他的车在最前面，我第一个见到的，就会是他。

【2008年5月17日】

早晨7点，我背着双肩的帆布包站在国道路口。

一辆墨绿色的POLO车正在路边的加油站加油，车门大开，音响哇啦哇啦地响，车主仰靠在座位上休息，脸上遮着一块纸板牌子，上面隐约写着“我叫冯XX”。

难道是冯家伟？起得太早，所以趁加油的时候瞌睡几分钟？纸牌子是为了到灾区跟队友们走散而辨认的？我一向认为我很有推理能力，便不由得朝车里看，想透过纸牌子看清他是不是长相俊美。

他忽然掀掉纸板，迈着长腿走出来，用街头小混混调戏老实女生的口气说：“看什么看，没见过帅哥吗？”

我吓一跳，但还是问他：“你是不是姓冯？”

“没错。”他笑起来的样子是一副欠揍的美男样儿。

我继续确认：“你叫冯家伟？”

他吹了一声口哨：“老天，你真个小巫婆，通灵啊。”

我伸出手去，告诉他我的名字，说我是等在这里准备加入他们队伍的志愿者。他挑挑眉毛，又吹了一声口哨：“当代花木兰啊。”用一双大得出奇的手攥着我的手不放。

我使劲地抽出手，心说那位团友是不是收什么黑心钱了？把这么混账的男人说成靠谱？长相俊美倒还是真的。

我扭过头去，不再答理他，等我那位热心的团友到了再说。他却靠过来：“哎，你这样太古板了，对男人没吸引力啊。”他一边说一边取下我的眼镜，把我绑成一束的头发用他的食指卷了几个卷，贴在我耳边。我被他的举动吓住了，目瞪口呆地傻站着，忘了反抗。他歪着头，坏笑着打量被他“改造后”的我：“嗯，有点风情味道了。”

我终于回过神，想狠狠抽他一个嘴巴，包里手机却响了，是团友，她说父亲突然发病，她不能去灾区了，她已经托冯家伟照顾好我。

我压低嗓音问“长相俊美”的冯家伟到底干什么的？怎么跟小痞子似的。

“你见过他了？不可能，我刚跟他通完电话，他说还没见到你呢。”

那眼前这是谁？我像瞪贼一样瞪着这个“李鬼”。他一屁股坐在汽车前盖上，若无其事地抠手指甲里的黑泥。我这才发现，他的一双手黑糊糊的，这人不会是个犯了什么偷窃罪的流窜犯吧？

这时，开过来一个4辆车的车队，拉着水和方便食物，前面是一辆黑色奥迪，停在我身边，下来一个穿着白衬衣的端正男人，用优美的男中音说：“你好，我叫冯家伟，欢迎加入我们。”轻轻握一下手，我便上了他的车。

我从车的后视镜里看到“李鬼”开着POLO跟在后面，在心里生气地骂他，该死的男人，跟着我们干吗？可又想，要是他不跟上来，也许我会更生气。

【2008年5月19日】

中午，我们终于到达四川什邡。我们这个团队主要是帮老百姓搭建帐篷。救援帐篷一直不够用，冯家伟用买来的塑编布，居然搭出了带窗户的帐篷，灾民非常喜欢，夸他技术过硬。

志愿者的日子简单而繁忙。队里有个叫小陈的，偶尔会拿着相机，拍几张照片。至于“李鬼”，第一天到灾区就不见了。小陈带来一个微型笔记本。他说天涯论坛上说，有偷窃犯混进了灾区，明偷暗抢废墟中的一些贵重物品和现金。他怀疑那个来历可疑的“李鬼”。我想起他那双嵌着泥的黑指甲……可我还是替他辩护，说他不可能是这样的人。冯家伟看看我，没说什么。

第三天，我们在什邡下面的一个小镇见到了他。他的墨绿色POLO车被落石砸得坑坑洼洼，人也狼狈不堪。冯家伟正帮一个老乡家搭帐篷，大太阳晒得他一头汗。我递给他一条湿毛巾，他微笑着接过去。我路过“李鬼”身边，他忽然开口：“你和那个道貌岸然的伪君子混得还挺熟。”

“你才是伪君子，还冒用人家的名字。”我不客气地回击他。

“哎，我什么时候说我叫他那鬼名了，是你自作聪明地那么认为。我叫冯一北，比他那破名有文化多了。”他回击我。

“哼，没有人家的号召力，也没人家的技术能力，你也就只有在这儿发酸、嫉妒的本事了。”我继续攻击他。

这回他不说话，从车里拿出一个笔记本，打开网络，找到冯家伟所在城市的信息网，翻出两条新闻，是冯家伟在救灾地区的图文报道，他额头上的汗珠都拍得异常清晰……

我愣住的时候忽然开来一辆警车，下来两个人，查看了冯一北的身份证，便用手铐铐住他，拉上警车，把他的POLO车也开走了。

这一幕让大家都呆住。等警车走了，一个60多岁的老人忽然冲出来：“警察啷个搞的吗？小冯刚地震头两天就来这里，用手刨出来好几个活人哟。这两天他又用车把山沟沟里的娃娃送到安全地方，是个好人嘛，为啥子要抓他？”

我赶紧拉上这个老人，找了辆车奔向当地公安局，可他已被遣送回老家。

【2008年5月24日】

我来到冯一北所在的城市，找到受理他案件的公安局。

事情都已经清楚了。冯一北开一家汽车修理铺，5月12号下午3点多，他正开着别人放在他那维修的POLO兜风，几个心急火燎的四川人拦住车，问他去不去四川？他居然鬼使神差地说去，于是就载着这几个人去了四川，并且又去了灾区第一线，跟当地的志愿者合作，徒手刨出好几个人，等废墟挖掘接近尾声，他才想起自己的车，理智告诉他该赶紧回去。

那个早晨，他在路边加油的时候遇到了我，觉得我探头探脑看他的样子挺有趣，后来看到冯家伟，他认为冯家伟看我的眼神比较“凶险”，便决定一路跟着再进四川，他说是想保护我的安全。他尤其强调这点。保护。呵呵，我喜欢他的强调。

可出国的车主提前回来了，发现车被偷着开走，便起诉。警察通过线索，找到了在灾区的冯一北。车主在知道冯一北是开他的车去救灾后，就慷慨起来，他说当初忘在车里、已经在灾区报废的笔记本就算了，只要把他的POLO车修得完好如初就行。他撤销了起诉。

我回到自己城市那天，团友在QQ上数落我没眼光，居然放弃一个前途似锦的公务员，去追什么偷车的男人？其实我对冯家伟真没偏见，他就算为了仕途，有些许的炒作，但他确实在灾区付出了血汗，实实在在地干了很多苦力活，真的是一个各方面都不错的男人，尤其还很靠谱。

可世上的事谁能说清楚呢，我稀里糊涂地就跟这个不靠谱的、说不清是好人还是坏人的冯一北扯在一起了，而且，在公安局，我和他已经快刀斩乱麻地用眼神搞定了我们的未来。

冯一北说他带我一起把事业搞大。他这个当年工业大学机械制造专业的家伙，可不想一辈子窝在修理铺，想开车了只能开别人的车过干瘾。他要白手起家。

【2008年5月27日】

我辞了工作，带着全部家当来找冯一北。他先带我去形象设计中心，把头发烫成最流行的碎卷。他说不趁年轻把自己搞得眉飞色舞，风情万种，那是和青春过不去。

然后他开车载我去四川收购大樱桃。他在网上看到四川的大樱桃汁多色红，灾区的运不出去，外面的买不到。他说这样的生意皆大欢喜。

汽车在高速路上飞奔。我忽然发现他开的是一辆新型的银色别克，小心翼翼地问他车哪来的。

“一个出国的车主放在我这修的。”他回答得气定神闲。

“老天，你居然又偷开别人的车！”我简直被他吓死。

“别大惊小怪的，这次我跟他确认了，不会提前回来的。”他摸摸我的头，像安抚小猫似的让我镇静。

我想说：“哎，你什么时候能靠谱一点儿？”可话到唇边换成：“太好了，我们用这车多跑几趟。”

有人说爱情是由七色彩虹组成的，有人选暖色那边，有人选冷色。我不知道我站在了哪边。管它呢，反正跟一个善良的人在一起，就算再不靠谱，也会有多姿多彩的快乐人生。

Fall in the Palace of the Han

琵琶声里{汉宫秋}

榛生

在水晶、烛光晚餐、房子、车子、结婚这些词汇之间，我觉得我的一生已经被埋葬了。
我还年轻，我为什么要做这种活埋自己的事？

【1】

我和芥末子坐在小礼堂的木地板上，之前的3个小时我对她的了解还仅限于“一只特立独行的猪”。这是她的ID，在我们的“马齿苋”论坛，据说她红得一手遮天。

介绍一下我自己，我是马齿苋乐队的主唱。换句话说，芥末子再红，她也红不过我。我是偶像，而她只是粉丝头头。

马齿苋乐队有多红我就有多红。这么说吧，民间兴起的特别是以女生的追捧为主的“爱马运动”已经使作为官方的校务处屈服。一天前，我们得到了校长秘书的亲自接见，在全国高校巡回演出中“一定要好好表现，争创佳绩”。校长还潇洒地给我们题了字。拿着这张题字，我们百感交集。

但不幸的事情往往都是在喜气洋洋的气氛里发生的。演出前一晚，贝斯手小赖由于兴奋过度，吃了太多麻辣的东西，急性肠炎入院。

当务之急，作为马齿苋乐队的头儿，我得找一个人来代替小赖。大家说，身边恐怕没有适合的会弹贝斯的人了，“物理系那个赵宝库？他不是报名去学乐器班了吗？”

“你认为从琵琶改行来得及吗？”

没关系，我还可以上网去找人。我有很多网友，应该可以从中找到候选人，但问题是这些网友个个都是美女。小赖说，不要小看美女，有的也能顶用的。不然的话我真的得和赵宝库商量事——他没别的不好，就是喜欢谈钱。乐队这种事，谈到钱，就没意思了不是？！

如果我能赶在中午之前发出一张帖子，我想，我或许会在晚上遇见我所寻找的贝斯手。“注：标准低——只要不走音就成。”最后我迫不得已打下这么一行字。

然后一分钟刷新一次。与此同时，我焦虑地喝光了5瓶农夫山泉。

终于有人跟帖了。

“我可以试试吗？”

“不走音？”

“嗯……不走音。”

“好，马上见面，我给你琴。”

【2】

芥末子不是中国人，她是个混血儿美少女。他爸是印度人，她妈是英国人，她来读我们学校，因为她热爱中国文化。试想这样一个棕色皮肤、漆黑大眼的美少女上台，大量心胸狭隘的女粉丝立马就会被气跑，所以我们安排芥末子戴爆炸头套，穿大马靴，捂上黑超，越男人越好。

那天的演出芥末子果然没有弹走音，当然，如果一个人只在那里摆POSE，手指动都不动一下的话，她的确是不会弹走音的。所以这场演出最后是普遍得到了一群来看热闹的学校后勤大妈们的欢迎，本来排练时的重金属感觉完全变成了清唱。一个大妈对另一个大妈说："嗯，颇有些沙家浜的味道！"

演出结束我用刁德一的口气质问芥末子："你不会弹还来蒙人？"

"喂，你只是问我走不走音，我不走音啊！"

"你根本就不会弹，骗子！"

"我！我学了不就会了吗？不是没人教我吗？你教我啊！你教我嘛！"女骗子逻辑混乱，但是偷换概念的本事却是一流的。

她还威胁我："你尽快给我答复，我的耐心是有限的！"

乐队的其他兄弟看着芥末子直乐，看来他们倒是很想培养她。"学琴可以，不许捣乱"的约法三章立下之后，芥末子兴冲冲地抱着一把昂贵的新贝斯来了。真是好琴，我们自己的乐器都是二手货，最贵的不过才500块钱，芥末子的新贝斯无疑成了我们沉重的精神负担，要知道，她现在成了乐队最大的股东。

【3】

芥末股东是一个谦逊的人，学琴也学得很快，当然，这和小赖手把手教她是分不开的。有一天小赖凑到我面前问我："芥末子有没有男朋友啊？"

"我哪知道，你喜欢你就追啊。"我气极败坏地想，小赖，你行不行啊？这么一个高攀不起的姑娘，才19，你下得去手？

大家吃饭时，从座位的选择可以看出人们的心理活动：小赖总是坐在芥末子的旁边，而芥末子又总是坐在我旁边。不行啊，小赖可是动了真感情的，作为哥们儿，我要给他创造一切方便条件才够义气，所以我总是一跳跳到他们的对面，我说你们看，我坐这儿，夹菜方便。

我狠狠夹一大筷子的宫保鸡丁，那些香辣的忧郁的碎屑又稀里哗啦掉了一桌。

忙完了这场演出，乐队的几个哥们儿都有所斩获，喜欢他们的姑娘自投罗网，我也开始计划和鸥里见面。鸥里是我高中同学。我承认，在高考之前暗无天日的那几个月里，我暗恋过她。

芥末子知道了这件事，主动请缨来当参谋。她说："鸥里知道咱们的马齿苋吗？"

"当然知道啊。"

"那你不能穿这件白衣服。"她双臂交抱，很专家的样子，"你得穿脏一点儿，牙买加那种脏范儿才会讨好！"

我不信她的话，可是她言之凿凿，举例说明："为什么那么多人喜欢唐朝？为什么不喜欢鲍家街？因为唐朝比鲍家街看起来埋汰多了，你看，鲍家街很快就解散了。"

"可唐朝后来也没有好作品啊！"

"我和你讨论的是衣服不是作品！"

好吧，那么我就把衣服穿脏，把头发扎了个敝旧的马尾。结果鸥里看到我，吓得花容失色，她惊呼一声：“你怎么一下子变成50岁了？”而后她迅速地从我眼前消失了，就像躲避某种长了癞痢的流浪动物。

【4】

我为这桩未果的恋爱伤脑筋，要知道，如果我打扮得整洁一点儿的话，是很可能博得好女生鸥里的欢心的。但是怪谁呢，谁让我听信了谗言——芥末子我恨你。

乐队的哥们以天天排练以及默默打牌的方式缓解我的烦恼。芥末子不再叽叽歪歪，她知道错了。她变得蹑手蹑脚，小心翼翼，特立独行的猪，此时变成灰溜溜的鼠。

中午，小老鼠主动替我们去买肯德基。鸥里的电话来了，要我过去帮她修电脑。这样，我和芥末子在没有大家眼光跟踪的地方相遇了。但她没有看到我。她提着两份外带全家桶往回走。这时她路遇一条狗，这狗我也认识，校长秘书家的，很势利，平时它是睬也不睬我们的，但是此刻它闻到了肉味，它开始追芥末子。

芥末子没有看到我，她慌不择路地跑着。太阳下，她亚麻色的皮肤真好看，她的姿势真性感。正在这时，她一个踉跄，食袋脱手。眼看满满两大份炸鸡就要被那大狗扫进嘴里，芥末子一个猛扑，她用身体盖住食袋，狗刹车不及，绊倒在她的身上。在这个时候，我想起鸥里。如果换成鸥里，她会任由狗去抢肯德基的，她大不了优雅地打电话给我再去买两份。于是，我发现芥末子这个我一直认为是高攀不起的姑娘，其实是多么皮实、善良、可亲。现在，她爬起身来，她身下的食物安然无恙，甚至就连装薯条的盒子都没压扁。她是怎么做到的?

然后，她拿出一只汉堡，咬了一口肉，吐给那狗。“对不起了，我也很饿！再说，你吃多了会掉毛的。”她潇洒地远去了。

她这个有点小气又充满人情味的举动让我感动。给鸥里装机时，我一直在想芥末子扑街和吐肉的样子，结果，我把电脑的注册名写成了芥末子，就这样，鸥里对我咆哮，就算我把注册名改成女王也没让她芳心大悦。可见，有些女生是从骨子里令人高攀不起的。

【5】

“我想告诉你一件事。”时间来到2007年的夏天，芥末子长大了一点儿，她走到我面前，矜持地蹲下，黑洞洞的眼睛里，像浮着两片就要融化的冰凌。“其实，我一点也不喜欢小赖，要不，你帮我去说说？”她看着我，脸渐渐因羞怯而红透，“你是我们乐队的头……”

“头儿是不管个人感情问题的。”我经常和校务处打交道，学会了那几个老师们的官腔。

“好吧，你不帮我就算了，你真冷漠，马留树，你让我很伤心。”

“伤心太严重了吧……呵呵，我们只是普通的朋友、同学，我……得走了。”不知道为什么，我害怕看到她那双有冰的眼睛，她那难过的神情，让我觉得自己无端有罪。这件事，如果换成任何一个通情达理的男生，我是说，换成任何一个有勇气跟芥末子走上一段的男生，都会毫不犹豫地说：那就让我来当你的男朋友吧！

我承认，我喜欢芥末子。但喜欢不是爱。爱，是要门当户对的。像我这样一个中国穷小子，我只能和一个一起长大，上过同一个幼儿园和高中，家门牌号码和我家只隔六个数字的姑娘谈恋爱。我是金牛座，我特别实际，我不好高骛远。她和我有共同的经历，共同的成长环境，我们以后就算吵架也能用上同样形状的骂词，那就更不用说过日子了。

“我要回国了。”在我走远时，我听到身后有小小的声音传来。

我们没有办法阻止一个女孩回国的决心，就像我们没有办法让自己对一个其实并不喜欢的女生说爱。鸥里指着商场橱窗里的水晶，她要我买。买了就能证明是爱。在她的逻辑里还有很多雷同的论证：有烛光晚餐才能接吻，有房子才能结婚，有车开才快乐，结了婚才能上床。

在水晶、烛光晚餐、房子、车子、结婚这些词汇之间，我觉得我的一生已经被埋葬了。我还年轻，我为什么要做这种活埋自己的事？

我跟鸥里分手了。

余下的时间就全部慷慨地用来送别芥末子。英国天气不好，经常阴冷灰蒙，路上治安也差劲，而且会踩到狗屎。“如果想我了就回来算了。”小赖塌着声音说。此时，楼上响起黯然销魂的琵琶声，赵宝库同学又在用功了。

琵琶弹的是《汉宫秋》，悲音入耳，我们都感到凄凉。把眼泪尽量藏好，我们都慢慢学习如何做一个大人。“其实我不会想你。”芥末子瞪着小赖。芥末子，请不要这么残忍吧，这样自然的离别不是比亲口说出拒绝更好吗？不要伤害可怜的小赖！所有人都难过地别过头去，等着接下来的判决，甚至包括小赖也完全不作挣扎与反抗了，可我们却听到芥末子继续说：“小赖，你知道吗？我在想，不如我们结婚吧，然后我们一起去英国。”

【6】

至今我仍和赖氏夫妇保持着若有若无的联系。他们去英国以后，那把昂贵的贝斯就一直留在我这里，我时常在网络视频上给他们弹上一曲，哼着马齿苋盛极一时的那首老歌《马齿苋无忏悔》。

我和赵宝库毕业后一起进了一家网络公司，后来，阴差阳错地，他认识了鸥里。而我将在下个月迎娶赵宝库的妹妹小月。人生就是这么奇妙，很多意想不到的人，意想不到的安排，就在你意想不到的时候遇见和发生。就好像一盘棋，因一念之差而走错一步，此后的结果，不一定会输，但一定在赢的过程里倍感唏嘘。

无聊时我找到芥末子MSN的空间，她锁着它。动用一点点黑客技术我就打开了，结果，我看到她2004年至今的日志。一个少女如何克制着自己的爱情，不去表白，不肯直说，又时时想到如果错过了该怎么办。她那忧心忡忡的纪录，那些焦虑的青春，把我推回到4年前，那时候的我们个个是孤男寡女，人生还有太多余地可以尽情发挥。可是我，我用一个老男人的心态框死了我最宝贵的一场爱。当我后悔，时不我待，伊人已经远去英格兰，在雾蒙蒙的天气里，她写道：“如果当年嫁给马留树，我会留在中国。”

这是她曾经的梦想，一个对于女生来说，其实很不利却很伟大的梦想。但幸好这梦想没成功，因为这个马留树，他不是什么好东西。

Life of miss shoe

被嫌弃的{飞鞋小姐的一生}

Mono

不是万物变幻太快，是这个世界不明白有的爱要不晚不早，恰巧才美妙。

【饼干先生】

大二，返校的飞机上，我在想能不能造个敞篷式飞机，以便于我能伸出手张开嘴，咬住几朵味道不太糟的云，吞下去，变只飞鸟自己飞。

想着想着我就睡了，睡着睡着，空姐和餐桌一起驾到了。模糊中，我意识到坐我旁边那位先生帮我取了食物和水。等我醒来吃完了东西，我很有礼貌地跟他说了谢谢。他笑笑，表情淡然且有趣。

他递过来饼干，告诉我是法国货。我贪婪地吃了两块，说这还不错。饼干先生递了张名片过来，让我有空去他的影楼做兼职模特儿。

我摇摇头说没兴趣，我不大喜欢摄影帐篷，自然就好。

他不知道套用了一句谁的话说：没有自然，只有伪装为自然的自然。我不置可否，困意又一次把我席卷入梦。

取行李的时候饼干先生递给我一张宝丽莱照片说：以后在飞机上睡觉要保持优美的姿势，有空联系哦。他说那个“哦”字的时候居然摆出了日片《被嫌弃的松子一生》中那个撅嘴+斗鸡眼的经典鬼脸。

我大笑，睡意全无，再看看照片上自己熟睡的傻样儿，笑到蹲下。

菜刀接过行李问我笑什么。见到你我高兴呗，我一蹦一蹦地跟在冷冰冰的菜刀后面。

【飞鞋小妞】

为了答谢菜刀当搬运工，我请他去中山公园的豆捞坊吃了火锅，发现这小子看到小锅里翻腾的鱼丸比看到我高兴多了。我才没空答理他，回味飞机上遇到的饼干先生才是正经事。

菜刀有个乐团，乐团也叫菜刀，特俗。学校一有什么活动几个人就跑上台瞎弹瞎唱。什么拖拉机与大奶牛，田野上有小风吹，比尔·盖茨种钱小分队（真是非常可爱的歌名）——每一首曲子都很欠揍。他很鄙视我的不屑。他说你不懂，俺这叫新式小民谣。

菜刀很爱耍宝。不过奇怪了这样的傻蛋也有很多姑娘想勾搭。

我和菜刀的相遇很滑稽。某天，我被快速冲下楼的人群从图书馆的楼梯上撞了下去，我的鞋顺势飞离脚板，在倾倒的瞬间我抓住了鞋，无私地救了差点被砸到的菜刀。但这个家伙却笑得脸部肌肉抽筋。我穿上鞋，愤愤地冲着他说：要不是我反应快，你丫早就被鞋砸晕了。

听完后他笑得更狂了。我忍着痛飞快地闪人，回去后发现手臂上磨了一大块皮，痛死。真是又糗又搞笑。后来菜刀尊称我为：飞鞋小妞。

“六一”的时候我们有点熟了，他说送我一首伟大的歌以纪念我们的第一次——相遇。

歌名叫《美好的跌倒广告》，Music:

女主角在楼梯上，
将要优美地跌倒；
面无表情的人都向着你的球鞋，
敞开了高温的怀抱。
Oh唱歌的青年开始发笑，
Oh姑娘姑娘她吓了一跳。

【飞鞋大叔】

我跟饼干先生在MSN上聊得热火朝天，菜刀还是只关心音乐和大眼美女。

在爱的入口处我远远观望着。

望着望着饼干先生就杀过来了。饼干先生拐我去吃西班牙菜，拐我去动物园，拐我去看建筑展，最后顺理成章地把我拐进了他的摄影篷。灯光、饰品、衣裙、摄影师，还有我这个别扭的模特。咔嚓嚓，嘣嚓嚓，一下午的时光就这样闪没了。照片在暗房里呆着。饼干先生说我表现不错，奖励电影票一张。

在昏暗的电影院我们上演了符合人民大众想象中的戏，问题是，一个长吻是不是就划分开了暧昧与爱情的界线？这不得而知。

高傲的菜刀终于发现了失踪了一段时间的我，拉我到资料馆开始质问我。还没等我开腔他就搭话了：跟一个比你大7岁的男人恋爱了是不是？接着他居然用多啦A梦的主题曲开头哼唱了一句：可恶的飞鞋小妞你要飞向哪里去？！

我望向菜刀邪恶的嘴脸挑衅道：别见不得人家幸福，你该不是又想来蹭饭吧。

他蹩脚地笑了几声说：至少得让我见见我妹夫飞鞋大叔吧。

哼，人家是高贵的饼干先生才不是低俗的飞鞋大叔。

【菜刀泡面】

我、饼干先生，还有耍酷的菜刀，尴尬地坐在川菜馆里。因为菜刀一见面就对饼干先生说了一句：我以为我来见妹夫没想到见到的是姐夫，世界真渺小。

饼干先生很利落地回答：我和她已经快分了。

前两周不是还去英国看了她？菜刀咄咄逼人。

只是顺便见了下。饼干先生连看都不看我。

菜刀就这样当着我的面撕下了这个情感玩家的面具。菜刀就是那个说皇帝没穿新衣的孩子，但是这个赤裸的皇帝却让我泪流满面。

我豪迈地点了满桌的菜，对大家说，吃吧喝吧，这是最丰盛的最后的晚餐。

很快，酒在胃里波诡云谲，原来即将逝去的爱也不过是一堆呕吐物。让人窘迫的是在洗手间外问我怎么样了的人是菜刀而不是饼干先生。

最后饼干先生拿着一张很长的收银条埋了单。都到这个时候了还装什么绅士。我很用力地推他。菜刀阻止了我，让他开车送我们回了学校，一路无话。下车的时候饼干先生说：对不起，再见。而不是偶像剧式的对不起，我爱你。

你去死吧。菜刀扶着我，让我冷静。在菜刀乐团的排练房里，我像个被抢了玩具的孩子又哭又闹，哭累了，就躺在小木床上昏睡。醒来后有一碗辛辣面和一杯绿茶放在床边。

菜刀一边狂点鼠标一边说吃吧，你中午狂点了那么多菜不吃，是不是想回过头来敲诈我？我这种俗人就只会煮这个。

我坐在凳子上，开吃。实话说我还没吃过这么好味的面，面的上面铺了一层CHESS，味道很特别，可我嘴上却对菜刀说要不是饿了谁要吃你的臭面。菜刀不理我，继续他的游戏。

吃着吃着其他3个团员也都陆续回窝了，开始冲着我们俩起哄。

吃着吃着我又开哭了，但这次流泪是因为那碗美味的韩式泡面。

【两种相片】

我又回归到了一个人的幻想生活，菜刀依旧在他具有民谣气质的音乐里浮沉。

失态不久后饼干先生寄来了我的照片，也寄来了一张英国明信片。他说：我快结婚了。但请相信我没有欺骗你的感情，希望你过得愉悦。

不是万物变幻太快，是这个世界不明白。不明白有的爱要不晚不早，恰巧才美好。

我只能这样安慰自己，去相信饼干先生的说法，即使是假话。有时候相信假话比较容易快乐，我一快乐就开始去烦菜刀。

我双手往桌上一搭说：小二来碗面。菜刀说你什么时候能变得稍微有点女人味儿。我说等我眼睛变大了能放高压电了就有女人味了，我还要留很长发，穿上短裙和高跟儿鞋。到时你们去参加音乐比赛的时候让我客串一把。保证连评委一块儿迷死。

菜刀笑：那你还是就这样吧，别吓跑我们的粉丝。

我掏出饼干先生寄给我的相片给菜刀看，我问菜刀：喂，如果我变成这个样子你会不会喜欢上我？

菜刀很不屑地说，那你还得再整整。一阵狂殴后。我借用菜刀的电脑上网。

有秘密的地方就存在偷窥与刺探。趁菜刀和朋友去买便当的时候我打开了他的相册文件夹。发现里面居然有很多我在图书馆的照片。趴着睡觉的，看窗外的，抄笔记的，半睁眼半闭眼像女鬼的……

查看相片属性。发现日期居然是在我们认识之前。

我站在天秤中间看着两端。一端是饼干先生加以修饰的精美艺术照。另一端是菜刀真实记录的自然生活照。从自恋的角度说，都美。只是前者是由外而发的虚幻美。而后者是由内而发的实质美。

一个是给了我梦又让我醒过来的人。另一个会不会是让我清醒又给我梦的人？

【菜刀温暖】

日子依旧。上课、下课、逃课、蹭课。

我能穿过沸腾的人群，空阔的操场，却始终穿不过一个人的胸膛。

我没把偷看相片的事告诉菜刀，尽管我有所期待，但不想那么快得知答案，有时候做做朋友反而轻松。

对菜刀而言，暗恋就是饭里的虫子，吃进去伤胃，吐出来又太恶心。

但这条虫子还是很快就被他吐了出来。恶心了大众也恶心了我。

什么是恶心呢？伟大的萨特会告诉你。而菜刀告诉我的是：很多事恶心完后才会痛快。

周四，我最爱的天文选修课上，老师换了。奇怪，教室里的二十几位同学没人对此多议论，只有坐我后面的菜刀对我说：Mr.Zhou被外星人绑架了。更离谱的是临时的老师（班长客串）讲到大爆炸宇宙学时忽然说：下面请菜刀同学演讲《你是我的小宇宙》，让我很是错愕。

菜刀上台开始演讲：各位同学大家好，喏，我的小宇宙就在不远处。今天她生日，我准备把自己强献给她，并承诺以后只围绕她一个人公转。不用怀疑！她就是第二排倒数第五个座儿那位趴在桌上看不到脸的同学。

请跟我一起喊标语：菜刀少年喜欢飞鞋小妞！（大伙儿齐声）

就这样我度过了一个永世难忘的22岁生日。

菜刀递上礼物说：菜刀就是用来切菜的。不过放心，我会把你这棵菜切得足够漂亮。

握着菜刀升温的手我笑了。也许我连一朵路边花都不是，我只是棵菜。不过管它什么菜，只要能在菜刀下我就能感到热血沸腾，暖流来袭。

在曼谷西郊的Maekrong，
有一条全长500米的铁轨，
黄色的火车从其上通过，
两边摆满卖水果的小摊。
我站在铁轨一端，
看到你远远从另一端走来
……

Bangkok story
{曼谷}爱情故事

佩灵

【故事的开始，他教她唱《Neung wiathi ko cha pai》（即使知道要见面）】

曼谷西郊的Maekrong，一条在小镇中央横穿而过的铁轨，全长500米，从头走到尾需要5分钟。铁轨两边挤满了300多个水果摊位，人们就蹲在铁轨上挑挑拣拣，直到破破烂烂的黄色的火车轰隆隆经过，再一窝风地散掉。每天要如此重复七八次。

这是尚碧梅在11年前的记忆。1997年她15岁，跟随做水果贸易的单身母亲来泰国生活，白天在曼谷市中心的英语学校念书，晚上牵着母亲的手，步行经过那一道铁轨回到小镇的农庄。

她在那里遇到了沙卡。

2月后是泰国著名的佛教圣日MakhaBucha，曼谷大街小巷挤满了闻风而动的欧洲人。他们端着佳能相机到处照相，哪个角落能够彰显出这个国家的贫穷与落魄，得到的镜头自然就最多。

沙卡蹲在一堆绿色的苹果后面，因晒的阳光太多，皮肤就显得特别黑。他穿着污迹斑斓的T恤，手里拽着一把纸币，数得很认真，丝毫不介意旁边的闪光灯一下下打在他的脸上。

那天，尚碧梅穿着从国内带来的藏蓝色的学生裙，脚上是一双黑色的匡威帆布鞋。其实母亲经营的果园里有适合在这个亚热带土地上开花的一切水果。她只是想走进镜头，让那个端着相机的欧洲女人明白，这片土地并不是他们想象中那样的一无是处。所以她挣脱母亲的手走过去，掏出钱从他手中换了两只苹果，男孩仰起脸朝她憨厚地一笑，转头就对一旁的欧洲女人说：请问，您有零钱么？他用的英文，字正腔圆，比中学的老师讲得还地道。

不仅仅是尚碧梅和母亲，就连那个从欧洲来的女人也目瞪口呆。

第二天日暮，她在黄昏的台灯下开始跟他学习泰文。母亲在前一天就把他请回家做泰文老师。他用英文说他的名字，叫沙卡，在清迈大学跟着英国来的外教念建筑专业。实习假才回家帮着卖水果赚些学费。

第一次上课，他就教她唱ANN的《Neung wiathi ko cha pai》，她跟在后面一字一句轻轻念出来。那些用泰文写成的歌词，拖着舌头，念起来像极了绵绵的呢喃，轻轻落在她的心上。

【她感到孤独，所以陪他卖水果】

尚碧梅此时15岁，正是嚣张而叛逆的年纪。她谢绝了母亲的接送，加入了学校的泰拳社，每天放学后在腕上绑着护腕打沙包练力量。母亲在出国前是文工团的钢琴演奏家，她对尚碧梅这种野蛮的课余活动感到很失望，说："梅梅，你迟早是要回国去的。为什么不能更像女孩一点儿？"

可是在这个国度，四周都是黑黑的泰国人，男的，女的，还有性别模糊的。他们在耳朵旁说着自己听不明白的语言。有一次她迷路，在曼谷的街头流浪了整整4个小时也没有一个会英语或中国话的人站出来帮她。

大部分时间，她那么孤独。除了和沙卡在一起的时候。

那日，她在回家经过Maekrong铁轨的路上突然想起了他，就故意放慢了脚步，企图在一排五彩缤纷的水果摊后发现他的脸。她找得很仔细，以至于没有发现即将呼啸而过的火车和渐渐散开的人群。

最后还是他发现了她，冲上来，抱着她滚到一边的水果堆上。身边破破烂烂的黄色火车呼啸而过，他忘记刮胡子，毛刺刺的胡子碴贴在她的面上。那一瞬间尚碧梅嗅到了男孩身上的味道，粗狂却带着青涩的香。他丝毫未觉得不妥，只一个劲地责怪她不小心。拉起她的手，有些心疼地说："受伤了吧，疼吗？"尚碧梅摇摇头把拳头收回来。手上的伤是早些时候弄出来的，与他无关。白天她在学校练泰拳，那个对中国有误解的男学生挑衅她，她就冲上去狠狠地把人家揍了一顿。

那男孩的父亲是欧洲国家的外交官，她理所当然地被学校停课。

尚碧梅并没有把停课的事告诉给母亲。每天清晨，她好像往常一样面不改色地出门，捧着书本沿着农庄的小路往Maekrong的方向走。她在沙卡的水果摊前帮他卖苹果，有火车来的时候，两个人就手忙脚乱地收拾滚落到铁轨上的货物。后来他们还去了曼谷的水上市场，用沙卡舅舅的小木船载满整整一船的水果穿行在清澈的丹能沙都阿河上。若有人来买，她就隔着清澈的河流跟人家讨价还价，少年老成。

晚上他们收拾好一切，装成一无所知的模样，一前一后回到农庄补习泰文。

尚碧梅的泰语在那段时间突飞猛进。她在台灯下很认真地问他："'我爱你'用泰语怎么说？"他低下头不动声色地看着她，眼里盛满了光。

也许爱情就是这样，恰到好处，不需要奢侈的语言。她知道，他也是爱她的就够了。

【我选择不和你在一起，并不代表我不爱你】

泰国的秋天，他带着她坐了十几个小时的火车去清迈看13世纪修建的清门寺。他们在邓丽君生前常常瞻仰的金碧辉煌的庙宇中流连忘返，在那些双手合十、慈眉善目的金身佛像下许一生的诺言。她没有告诉他，一个月前母亲就已把回国的计划提上了日程。她在国内给尚碧梅找到了更好的学校，等明年过去读完高中然后再去欧洲。未来10年的前途清楚明了，亦不会波折半分。所以，当他问她什么时候回学校时，她握住他的手："我想就这样跟着你，不行吗？"

从清门寺回到家，焦急的母亲已经等在了门口。她去学校替女儿办理退学才发现原来她已经被停课好几周了。母亲迎上前来，就是一记脆生生的耳光落在她的脸上，恨铁不成钢地问："你跟着一个农夫的儿子，能有出息吗？"她脸颊火辣辣地疼，几乎是哭着，朝母亲吼道："可是，我爱他！"

15岁的爱情，在成年人面前是那么苍白而可笑，毫无重量。

她被领回家中关了起来，母亲是个传统而不懂得浪漫的人。在女儿两次企图逃跑后，她找人在卧室的阳台上装了铁栅栏。

尚碧梅就在农庄里寂寞地度过了在泰国最后的半年。不是没有尝试联系过他，有一次她把写好的信交到楼下那个收了她50铢跑路费的小孩手里。于是当天夜里，男孩踏着青白的月色来见她。

还没能靠近她的卧室阳台，农庄里的几条训练有素的大狼狗疯了一样地蹿出来。她趴在阳台上看他被闻风而来的农夫压在地上猛揍，他倔强地扬起头颅望着她。黑暗中，他的眸子闪烁着光，似夜空中渐渐熄灭的星火。那一刻，她心似刀绞一般地疼！她在二楼的阳台上失声痛哭却没有丝毫办法。

15岁，要如何坚强的爱情才能够抵抗一切的阻碍。她真的抵抗过，办不到，然后妥协。

去曼谷国际机场那日，刚好是1998年的宋干节。尚碧梅独自拖着巨大的行李箱穿行在曼谷街头的游行人群中。那是她20岁之前最后一次见他。他穿着红色的袍子，被人打扮成观音的模样高高盘坐在大象的背上。她张口想喊他的名字，旁边一盆冰凉的水迎头泼来。再回头，他已经行得很远。她湿淋淋地过了安检，迎头又是一盆水。

很久以后，她领着朋友在深圳的锦绣中华参加泼水节，那里的姑娘的第一盆水就浇到自己头上。朋友是毛利人，无法理解，她就上去安抚人家说是被人泼水是代表了喜爱和祝福。

很多事情就好像被人在宋干节上泼水一样，行为与其意义逆向而行。就好像是沙卡，我选择不和你在一起，并不代表我不爱你。

【世界上最牛的菜市场，有我们11年的时差】

尚碧梅在北京念完了高中，再远赴悉尼。

此时已是2002年，她20岁，在母亲的介绍下结识了一个同样留学在外国的男孩。恋爱时也有动人心魄的情节。男孩受过很好的教育，会用超过4个国家的语言对她说我爱你。她咧着嘴笑，突然想起那年在曼谷农庄，她侧着头问他："'我爱你'用泰语怎么说？"他没有回答过。

他是她在记忆中自生自灭的影子，似亚热带的台风，席卷过生命里最青涩美好的那段时光，然后渐渐淡去。

2008年，尚碧梅医学硕士毕业，与恋爱8年的男友定下了婚期。为了庆祝毕业，男友捧来了一叠花花绿绿的自助游传单，让她选择。她上了网查资料，在悉尼的旅游论坛上看到那张被称为世界上最牛菜市场的照片。照片中一条铁轨弯弯曲曲地从路中央穿过，两边挤满了各色水果蔬菜。

她指指照片，说：我要去这里。

2008年8月，当所有人都飞向北京参加奥运会时，尚碧梅在曼谷。这座城市已经繁华成国际性的大都市，但欧洲客们依然没改掉挑剔的毛病。他们背着相机穿梭在Maekrong的铁轨上。

铁轨全长500米，从头走到尾需要5分钟，尚碧梅来来回回走了半个多小时，中途还有一辆黄色的火车呼啸而过。远处一个长头发酷似日本人的男子正捧着相机给一个满手污渍的老婆婆拍照。她走到镜头中，掏出钱换来一只胡萝卜。然后，她看到相机后露出那张渐渐诧异的面容。她站在那里，直到男人丢掉了手中的相机，一步一步朝她行来。

沙卡，我们好久不见。

Beethoven C minor

贝多芬听不到{升C小调的告白}

Cindy shi

在失去了声音和琪丽爱泰的很多年后，贝多芬遇见了一个叫特蕾泽的女人，他们是爱人更是知己，贝多芬和她延续了长达14年的恋情，两人终生未有嫁娶。他送给她的那首曲子就叫《致爱丽丝》，这也是被人们永世铭记和流传的爱情故事。

【A】

2007年冬天，梁刑笙的耳朵渐渐听不清声音。

那天，和嘉晔在台上表演即兴的梁祝协奏时，他竖起耳朵努力去听了，结果还是伴奏错了几个音符。然后就去了医院，医生摆出一排奇形怪状的助听器让他选择，从8000元到120元的助听器，梁刑笙试用了很久，最终选择了120元那个。橘红色的小耳塞，电线连着一个手机大小的盒子，放进衣服口袋里。

医生略略惋惜地看着男孩：你应该选个更好的，因为你的听力会越来越衰弱，这种助听器帮不了你多少。梁刑笙没吭声，出门前把平时扎起的马尾放下来，挡住从耳朵里延伸出的电线，去了工作的西餐厅。

那年，男孩在雨花西餐厅做钢琴师，和小提琴手晔嘉搭档演出。演奏的服装是餐厅提供的，黑色贴身小西服口袋很小，再放一个助听器的盒子，就是鼓鼓囊囊的。

嘉晔拎着小提琴上前问他：你等电话吗？下班一起去吃宵夜吧。男孩故作深沉地笑了笑，女孩说话时他的手不小心碰到了盒子，耳朵里听到的全是交流电的声音。其实不是不愿意用更好的东西，那种塞进耳道完全看不出来的助听器要5000多元，这几乎是他做钢琴师两个月的薪水。

西餐厅旁边就是水晶名店，每次和嘉晔一起下班，女孩几乎都是扭着脖子，眼神黏在橱窗里。她喜欢橱窗里那只昂贵的绿幽灵手链，是聚宝盆的花纹，3000多元一条，贵得要死。

他想要送最好的礼物给她。所以他用不起好的助听器，更丢不得这份工作。

还好，失去了听觉他还有灵敏的手指和娴熟的技巧，可以照琴谱小心翼翼去弹。嘉晔是很好的小提琴手，合奏时总会迁就他，而客人通常都是很有礼貌地把想听的曲子写在纸条上。这样工作，就算没有耳朵也是不会出错的。

那天，是梁刑笙独奏最后一首曲子的时间，他选择了琴谱上的一首独奏，贝多芬的《月光曲》，全程分解和弦，弹奏缓慢，不容易出错。那时，嘉晔抱着琴在台下等他。她穿着和自己配套的小礼服，头发剪得好像尚雯婕早些时候的小短发，干净蓬松可以藏进好多只蚊子。她合着节奏，轻轻地替他打拍子。那样子落进梁刑笙眸里，却是宁静而安详的。

1800年，贝多芬在维也纳遇见16岁的琪丽爱泰。那时的他已经渐渐听不清声音，作为琪丽爱泰的钢琴老师，他隐瞒了自己的病情并在伯爵的庄园给她上课。他喜欢她站在旁边用手轻轻地敲打节拍做伴奏，每一下都敲在了心上。

【B】

2月，梁刑笙又去了一趟医院，耳疾再次恶化了。医生终于心软说就算打折，能够帮到他的助听器也要1000多元。他很高兴，自己刚好有这么一小笔存款，而且换了助听器他还可以去音乐学校兼职上课赚回来。

刚从银行回来，就撞见嘉晔。小丫头在路口很认真地踮着脚贴海报。走过去看一行醒目的大字“尚雯婕2008北京演唱会”。

一提尚雯婕，梁刑笙就有点儿抑郁。女孩很喜欢这个女歌手，去年她逼着他顶住压力，去弹那首《一大片天空》。西餐厅对什么时间演奏什么音乐有严格的规定，结果两个人都被扣了工资。女孩贴完海报，回头揪住他不放：“刑笙，你去不去看尚雯婕的演唱会？”

回去上网一查，演唱会的票价还算适中，但买完两个人的门票，刚巧就是一副助听器的价格。咬咬牙，还是买了。谁叫他那么喜欢她，尽管他可以去爱她的尚雯婕，但她不一定能听懂他的贝多芬。

那天晚上，他送她回家。北京深不见底的胡同里，沿途的路灯居然全坏了。两个人深一脚浅一脚地踩在小路上，有那么几次他想鼓起勇气去牵住她，但最终放弃了。那两张演唱会的门票一直藏在裤兜里，好像顽皮的松鼠一直想往外跳。他头疼什么时候把票交给她，因为他连她的手都不敢碰一下。

第二天晚上，梁刑笙拎着工具箱鬼鬼祟祟地跑到胡同里，爬上电杆把熄灭掉的灯泡换掉。他以前跟着父亲做过电工，这些事难不倒他。但刚从电杆上爬下来，就撞见了附近的联防治安队。他们问他爬那么高做什么。他听不太清楚，回答得结结巴巴神色可疑，于是就被带回了附近的保安亭，弹钢琴的手反铐在凳子上，关了整整一晚上。

第二天手腕上敷冰袋去上班，刚走进员工休息室就看见女孩正拉着另一个男孩说话。那个男孩，梁刑笙是认得的，叫笑优，在西餐厅做钟点工的大学生，家境很好，父母时常过来吃饭只为盯住没吃过苦头的宝贝儿子。嘉晔在台上表演时，笑优就站在下面深情款款地凝望，生怕别人不知道他爱慕那个在舞台上拉《梁祝》的女生。

他听不见他们说什么，就靠近了一点儿。嘉晔一把拉住他说：刑笙，笑优约我去看演唱会。旁边的男孩不好意思地低头笑了。他带着助听器靠得那么近，女孩的话模模糊糊地，似冰凉的潮汐一拥而上，淹没住最后一丝希望。

贝多芬出身低微，无论他有多热爱琪丽爱泰，女人最终在1803年远嫁意大利。失意而自卑的贝多芬在失去最后一点听觉之前，写出了《月光曲》以此纪念自己一生的挚爱。那首C小调的奏鸣曲当初的琪丽爱泰没有听到，205年后的嘉晔也没听懂。

【C】

北京演唱会，梁刑笙是一个人去看的。孤单地挤在几千人的剧院里，当女歌手出来时，旁边不认识的几个女孩都哭了。他手忙脚乱地递过纸巾，她们对他说谢谢。他只看到对面的人嘴巴在动。然后努力去听，舞台上如歌如泣的天籁之音，渐渐淹没在一片深深的寂静之中。

2008年的早春，梁刑笙在爱上那个叫尚雯婕的女歌手之后，听觉也恶化了。他丢掉了廉价的助听器，日子也变得越发专注。音乐的轻重缓急，全依靠记忆和感觉把音符一个个弹进心里。下班后有人在身后叫他，他听不见就径直走出去。

于是就这样被带上骄傲的帽子，于是没人知道他为何这般骄傲。

夏天，西餐厅休假一天组织大家去郊区涉溪。梁刑笙想了想还是去了。那条小溪他穿越过很多次，听觉上的障碍不是问题。

一开始，一群男女还手拉着手摇摇晃晃地在小溪中露出的石头上面行走。后来距离渐渐拉开了，梁刑笙独自沉默着行走在最前面开路，一群女生唧唧喳喳地跟在后面爬。

走了半个小时，就是最著名的小瀑布，几乎是90度的直角，脚能踩的地方长满了青苔。梁刑笙想都没想，用力攀了上去。那时，他不知道紧随着身后的嘉晔正抓着一块微微凸起的岩石向他求救。溪水的嘈杂声太大，他听不见声音，只顾着自己往前爬。

等梁刑笙发现时，嘉晔已经从一米高的地方跌了下去。撞在坚硬的岩石上，头破血流。他害怕极了，抱着女孩抄公路向山下狂奔，一边跑一边落泪。下山的路，不时有从山上下来的汽车鸣着笛从身边呼啸而过。梁刑笙听不见，抱着女孩贴着山独自前行。直到夜幕降临，仰头就能望见清亮的月牙。他突然记不清那首已烂熟的《月光曲》到底是如何忧伤地开场。

那一刻，他听见了心碎的声音。

200年前，在痛苦和沉寂中陪伴贝多芬的只有爱人的一尊雕像。分手10年后风华正茂的琪丽爱泰在不美满的婚姻中郁郁而终。而《月光曲》成为当时在贵族中广为传诵的奏鸣曲之一。只是他们不知道贝多芬写下的其实是无法表达却又永无止尽的爱。

【D】

2008年9月，是梁刑笙在雨花西餐厅工作的最后一个月。嘉晔住院的时候，他一个人代两个人的班，赚了不少加班费。所以他去医院付了定金，买下那副可以藏在耳道里看不出来的助听器。他决定要离开西餐厅，以前音乐学院的一个同学在城市里开了家钢琴学校，正需要全职的钢琴老师。他不知道老班长已经失聪的事，为了挖人过去，还特地送了他一张尚雯婕10月的深圳演唱会门票。

嘉晔已经出院了，抱着乐器坐在台下听他弹琴。自从那次事故后，他们之间已生疏了很多，也不说话。中途他偷偷去她住的地方打探过一次，胡同里的路灯又全被小孩用石头砸碎了。他没有再去修路灯，因为女孩现在每天下班都有人接送，那个男生有足够的耐力去追求自己的爱情。

那天，他弹完《月光曲》，然后抱着琴谱头也不回地离开工作两年的地方。天空飘着小雨，他仰起头，天空一片阴霾。他想这是自己最后一次享受雨中的安宁，然后他要去医院，取回那只强大的助听器，也许来得及能听到这场雨的声音。

他不知道，就在他身后3米的地方女孩追出门外喊他，她朝他喊："梁刑笙，我们不要再不说话，好吗？"

他没有听见，只把一个骄傲的背影当做送给她的最后的礼物。

在失去了声音和琪丽爱泰的很多年后，悲痛中的贝多芬遇见了一个叫特蕾泽的女人，他们是爱人更是知己，贝多芬和她延续了长达14年的恋情，两人终生未有嫁娶。他送给她的那首曲子就叫《致爱丽丝》，这也是被人们永世铭记和流传的爱情故事。

散场了，琪丽爱泰和嘉晔，原来你们的角色都只是一段小小的前奏。人们都说爱情是一辈子的事，可这样的虔诚连贝多芬都做不到。

Rainbow lover

乌云先生的{彩虹小恋人}

年念

生活中本来就没有太多惊天动地的大事，这简单的、平淡的、吵吵闹闹的生活以及被日子逼迫着的相互妥协，就是爱情了。

【1】

每个季度总有一个月，我的小朋友她都是在看房、选房、搬家的过程中度过的。

作为漂泊在外的非典型性移民，理应害怕漂泊，她却对搬家保持着12分的热情。我的小朋友总在标榜她小时候练过举重，所以她有能力跟我斗狠——小心老娘将你先抓举再挺举，然后再将你从窗户里丢出去！

你瞧，我的安全感就是这么丧失的。人生再细若蝼蚁，我也不希望大限只剩自由落地那几秒。

这是第四次搬家，我有气无力的质问显得很卑微。我说彩虹小姐，我们搬来搬去就是为了在东南西北4个方向给深圳看大门么？

她愣神了三四秒就迅速回过神来并爆了粗口，你懂个屁！被揭了短的小朋友脸涨得通红。懂不懂什么叫农村包围城市？她大声为自己辩解。

我不去理会她所谓的农村包围城市理论，沉甸甸的箱子就已经压得我喘不过气来了。搬一次家穷三月，算来我们这一年来并没有积攒下什么。

我并不责怪她。

她有一个没有人点击的博客，若不是IE栏有浏览记录，连我都偷窥不到。她在博客里说，她问过法力无边的占卜大师，大师告诉她，要在深圳的郊区东南西北4个方向住上一圈后再住到市中心，这一辈子就会顺风顺水。她显然相信了。

关闭网页的时候，我甚至还在嘲笑我的小朋友，她居然相信这么菜的占卜水平。可只是一会儿，我就笑不出来了，我还得谢谢那个整天吆喝着骗钱的骗子，他给了我们这些打拼者住在郊区积攒力量的完美借口。在我们无力去改变生活的时候，那些摸不着边际的屁话居然成了我们生命里的理想主义。

星星堆满天，累极了的小朋友和我躺在新家的小床上。她抱着我。我在半睡半醒的时候听到她说，我们买个60平方米的小房子好不好？

我假装睡着了。

【2】

小朋友她每天都琢磨稀奇古怪的点子。

她看着信用卡对账单里积分兑换的礼品两眼放光。她酝酿着去搞台POS机，然后天天把自己1万元额度的信用卡在自己的POS机上刷爆，等钱到了自己那张与POS绑定的储蓄卡里时再取出来存到信用卡里再刷爆。我听得云里雾里，她却算计得有滋有味。她说，只要折腾个300多次就有就有300多万积分啦，换个大背投完全没有问题！

对于她的创意，我只得装着糊涂大加赞赏。每个月的工资在我按时全额进贡之后，就只得看她脸色讨点零花钱。记得我们在一起的第一个月，我把工资放在桌上表忠心，请彩虹小姐笑纳。她却百般推辞。当时的我无比感动，正准备揣钱时却被她用指关节凿了脑壳。你还真收啊。小地主婆生气起来真不是盖的，于是那一个月我没有零花钱，朝同事借了200块钱，等到下下下个月才攒齐了还他。

举重运动员加账房小姐，乌云先生的恋爱生活比蝼蚁还蝼蚁。

她毕业来到深圳，就被我盯上了。坑蒙拐骗使出浑身解数，她总算掉进我的怀抱里。热恋的时候我问她，你喜欢我哪一点啊？她对于我写在白纸上用来诱供的诸如长得帅、脾气好、有气质之类的优点视而不见，只是丢出一句，嗯，你会讲本地话，我以为你是本地人。

我听得无限悲凉。

上达七八十岁的大爷，下至十三四岁的孩童，每个都可能入得她法眼。看来我得感激她于芸芸众生中选择了我，并铭记这浩荡的恩情宣誓一辈子为奴为仆不离不弃。

就先这么着吧。

【3】

我并不是沉默的羔羊，我也有翻脸比翻书还快的时候。

三八节那天我会拼了命夸她少女。作为少女，当然不会在妇女节这一天死皮赖脸讨礼物。过了这一天，我会义正辞严地告诉她，时光太匆匆，现在的她已经跨入老妪的行列了。

她装可怜，这么快就老妪啦，我还没有和你过完好日子呢。

一句话，我就投降了。为了我朝思暮想的好日子，我迅速恢复她少女的身份。我自横刀向天哭泣，因为接下来的日子里，小朋友真诚地对我说，洗衣机会累的，你让它休息几天吧。你也体会一下手洗衣服的乐趣吧。

我真想把这样的乐趣给她。

甚至在黑灯瞎火的夜里，我们那个啥完了以后，小朋友会要我下床去给她炒个菜。如果我不下床去，她就不会停地踹我。她说，我动作不会太大哦，你只会慢慢慢慢地从床上滑到地上去，你放心，地上我收拾好了，蛮干净的。她还得意洋洋地告诉我，这种踹法有个好听的名字——安全踹。

乌云先生玩不过她的彩虹小恋人。

我下班比她早，所以每天负责做好晚餐等她。周六的时候我会扯扯她的衣袖，嘿，做饭去吧。我装大爷，却被她拖出去陪她逛超市。她总是在食品专柜疯狂“试吃”，还不停地叮嘱我，今天不做饭，你不吃别后悔。

那一刻，我只想把这个丢人的小市侩拖回家。

好脾气的售货员常问她好不好吃，她头也不抬，消灭掉面前的食物后告诉他，不好吃！售货员直跳脚，不好吃你还全吃光了?

【4】

有段时间小朋友回家很晚。

她又找了一份小兼职，每天陪人打乒乓球。推、拉、弹、拨、抽，我教了她3年，她居然也打得有模有样。现在她陪别人打球居然敢收费，而且一收就是50块钱一小时。

每次我下班后就直接去球馆，小朋友不是大美女，但也有点煞有介事的小姿色，更何况和她一起打球的是个什么“企业家”，我得看紧她。

于是每天我坐在那儿看她打球，偶尔也会遇见“企业家”的妻子。长得不好看，但看起来很贤惠，看起来很像那种和他一起吃过苦，熬过日子的女人。她为什么要小朋友天天陪他打球，我不知道，也从来都没有问过。

我只要和小朋友一起回家就可以了。

拿到第二个月的兼职工资时，小朋友便辞掉了这份兼职。回家的路上，她很兴奋，12万啦！我听得莫名其妙。我们这一年存了12万，够付一个房子的首期了。小朋友的声音有点激动。

12万？我有点不敢相信。不过一年的时间，我从来不也相信我们会有这么多的积蓄。我和小朋友的工资加起来勉强一万块钱，还要应付房租水电与吃饭。我只知道，这一年，她倒卖积分换来的一些小礼品，上了两年免费的理财课居然选准了银行的理财产品，基金也小赚了一笔，我只不过送过她一些无足轻重的小礼物，一只20块钱买的手表，她还问我，讲价了没有?

大房子也有大房子的空旷。她说那个女人一直担心她的“企业家”老公在外拈花惹草，所以找了小朋友培养了他爱打乒乓球的兴趣。打球累了，那男人也只能回家洗洗睡了。这就是为什么，那个女人会同意她来狠狠敲她老公一笔的原因。

我想说的不是这些。小朋友也有郑重其事的时候。有些人只能共苦却不能同甘，贫贱的情侣更能享受共勉的人生。这听起来像台词，可她说到要有个房子，才真真正正像家的时候，我有点小感动，想哭。

【5】

在假装睡着的时候，我回忆了那么那么多的事情。在黑暗中她看不见我已哭得不成样子的脸。这看似开心的事情，竟也有着这样那样的悲剧效果。

我没有钱，我对她很惦念。回忆那么多，我记得最深刻的，是她曾经说过，如果你没有128平方米的大房子摆在我面前，我就不嫁给你了。

那年她刚毕业，无社会经验。

那年的她那么嚣张，嚣张得我直想笑。

可是现在，我的彩虹小恋人，她的愿望那么小。小心翼翼攒生活，平平凡凡觉得够用就好。

生活中本来就没有太多惊天动地的大事，这简单的、平淡的、吵吵闹闹的生活以及被日子逼迫着的相互妥协，就是爱情了。

我已说不出话来。

我只能转过身子去，在黑暗中，给她一个大大的、表示同意的拥抱。

爱情不在了，有颗钻石也是好的

用你的爱覆盖我的爱

一座城池

苏主管，请问今晚你是否有空？

4月下午，白茶与鹿

西雅图数鱼人

Diamond left

爱情不在了，有颗{钻石}也是好的

短发夏天

她将她的衣服、书、CD、玩具熊、贝雷帽和玻璃瓶做成一只壳，背着它们在爱情里来来去去，她总是想，当感情没了，至少它们不会抛弃自己。

【1】

佳旺在秋天搬进了许明浩的公寓。10月，南方城市依然绿荫一片，佳旺拖着一只棕色的行李箱走进电梯，像一只大号的蜗牛。这只蜗牛穿绿裙子，圆眼睛，脸蛋似秋天的苹果。

许明浩独自住一套两居室，家具齐全，只因为是新房，又没有多余饰物，所以显得很没人情味。但佳旺来了后就变得不一样了，她从行李箱里掏出衣服、书、CD、一只掉毛的玩具熊，3张黑白照片，一只玻璃瓶，一顶细格子的贝蕾帽，以及信件若干。玩具熊是她童年时最好的伙伴；照片是父亲试相机时拍下来的；玻璃瓶是从家中带来的纪念品，那一年她父母离婚，房子卖掉，两个人各奔东西；贝蕾帽是母亲去英国后给她的礼物；信件是她与亲人尚有关联的证明。喜欢收藏东西的人多数都比较怀旧，但对于佳旺来说，这些东西能给她带来足够的安全感，就像一个包裹着她的母体。她把玩具熊摆在床头，相片贴在墙上，下楼买一枝玫瑰，插在玻璃瓶内，细细地欣赏。

盛开的玫瑰，每一朵花瓣都尽情舒展着身体，浓烈的红色像是某些东西在燃烧，佳旺觉得温暖。

傍晚，她换一条新裙子去菜场买菜，其间经过一个儿童乐园，佳旺站在栏杆外面看着小朋友们翻跟头，打倒立，吃零食，做鬼脸，忍不住咯咯地笑起来。19岁的周佳旺实在是一个容易快乐的女孩，她连切菜时也轻声地哼着歌，小野丽莎的《玫瑰人生》，慵懒的调调令她内心宁静。

下午6点整，钥匙转动的声音响起，佳旺从沙发上跳起来，打开门，一脸雀跃地叫："你回来啦？！"

许明浩低头吻佳旺的额头，然后抱起她去客厅。对于一个男人来说，下班后能看到有人等待着自己是一件幸福而愉快的事情，许明浩爱周佳旺，就像爱他自己健康的身体，仅是拥有还不够，他真想天荒地老地保持下去。

【2】

他们第一次见面是在一个雨天，许明浩的车恰好被同事借走，没有伞，他便在公司楼下的便利商店等雨停。那一天他加班到夜里10点，便利店里没有什么人，佳旺低着头整理柜台。她把口香糖摆成金字塔，看了看，不满意，又拆掉重新摆。许明浩觉得有趣，问她："你摆这个干什么？"

“好看啊！”佳旺头也不抬，她的后脑勺有一个小小的旋涡，看起来就像一只蜗牛一样。

许明浩笑了笑，拿了一听可乐去结账，然后打开来喝。雨直到10点半才停，这时佳旺的“积木”已经搭到第六层。许明浩把空的可乐罐放下，对佳旺说：“我走啦，小朋友！”

“再见，大叔！”佳旺朝他挥手。

第二天许明浩下班时忽然想再去看看那个“小朋友”，于是他将车停好，推开了便利店的门。这一次没有积木，有的却是一个用可乐罐做成的机器人。许明浩一进来佳旺就伸手指给他看：“喏，它把我的手弄破了，忘恩负义的家伙！”她嘟着嘴，表情恨恨的，可爱极了。

那个忘恩负义的家伙最终被许明浩带走，放到车上，等红灯时他看着它，乐得吹起口哨来。像许明浩这种男人——长相英俊，工作优越，家世又好，从未缺过女孩子的青睐。他对她们漫不经心，她们也不会轻易放开自己。但是莫名其妙地，他想跟这个女孩谈恋爱。吃惯大鱼大肉的人总是想换换口味，而佳旺是水果，清新而简单，容易快乐。

但第三天他再去便利店时，收银的却是一个男孩。他对他说：“周佳旺昨天辞职了，电话？她好像不用手机的。”

这个社会还有人不用手机？许明浩觉得稀奇，他点点头，离开，心里并未太失落，只是有一点遗憾罢了。但他没想到那遗憾会随着时间的增长而升级，变成思念。再一次从酒吧里出来时，他忽然对漂亮而世俗的女孩子感到厌倦，他想念佳旺专注的表情，铃铛一样的笑声。

一定要再见到她。

【3】

而再一次见到她是两个月后。许明浩载着新认识的女孩去喝咖啡，路上，他看到佳旺穿着一条宽大的裙子蹦蹦跳跳地穿过马路，朝对面的花市走去。许明浩心里一紧，问旁边的人：“你会不会开车？”女孩点点头，他便说：“你自己去咖啡馆，等一下我来取车。”

说完，他匆匆下车，迈开步子追上去。这个时候的花市里人满为患，许明浩早已没有在下属面前的严肃和优雅，此刻他西装被挤皱了，皮鞋落上泥巴。他一路呼吸着植物香气，一路说着“对不起”，因太过急促，额头上出现许多小汗粒。终于来到佳旺身后，他不顾形象和礼貌地拍她的肩膀。佳旺转过头，一双眼睛亮晶晶，思索了一会儿，叫道：“是你！”

“我可不可以请你吃饭？就现在，我，有话同你讲。”说这些话的时候，他觉得自己就像是第一次约会女孩子的少年。

佳旺一直记得那一天许明浩对自己说过的话：“我喜欢你，虽然自己也不知道为什么。跟你讲这些或者会很唐突，但这些天我一直想你来着。你知道吗？为了能再看到你我几乎把城里所有的便利店都去了个遍，但都找不到你。”

佳旺愣愣地看着他，她并没有过爱情的经历，难道只见过两次面的人也可以喜欢吗？

可是被爱着的感觉真好啊，佳旺觉得自己的心脏被不知名的气体充满，胀成一个圆球，慢慢腾升，飞了起来。

从小到大，第一次有人说爱她。她的童年是与佣人、与玩具一起度过的。父亲工作很忙，根本见不到踪影。而母亲，她毫不掩饰对佳旺的抗拒，她说：“你的出生本身就是个错误。”

小小的她不明白缘由。15岁那一年她父母离婚，将她送到寄宿学校，然后他们分别飞往新西兰和苏格兰。今天她收到他们的明信片，他们中的一个生下一名男婴，另一个终于娶到了萨莉小姐。佳旺的手里捧着一大丛玫瑰，象征爱的玫瑰，是她给自己的礼物。从来没有人关注过她的幸福，所以她囤积了那些衣服、书、CD、玩具熊、照片还有帽子，她从它们身上获取温暖。但现在，有个陌生人说爱她。

她在倾听的时候沸腾起来，双颊绯红，有些激动地说：“我，我也喜欢你。”

后来许明浩问她：“你喜欢我什么？”

“喜欢你喜欢我。”她说。

爱可以互相交换吗？佳旺认为可以，至少人在快乐的时候，所有没有逻辑的事情都是可以解释得通的。

【4】

许明浩并不需要佳旺去工作，他给她一个账户，每个月注入资金供她买食物、日常用品，以及新衣服和化妆品。但佳旺需要的东西并不多，她每天只出一次门，取100元钱，买蔬菜与玫瑰，剩下的钱都装在一个铁皮盒子里。她把它们整理好，郑重地合上盖子。“等将来我们有了小孩，就用这些钱去买奶粉。”她说。

许明浩被她一本正经的样子逗乐了，他扳过她的肩膀，凝视她的面孔。佳旺却伸出手，笑嘻嘻地说：“看一眼1块钱！”

许明浩给她一枚硬币，她把它也扔进了盒子，叮当一声。

他们从秋天爱到第二年春天，佳旺的盒子里已经有了6000块巨款。但也是那个时候，他们彼此间的热情消失了。常常是吃完晚饭后，许明浩看经济频道，她看书。他们不再有话讲，连拥抱也变得无力。那一天，佳旺回家时看到许明浩与别的女孩在一起，在咖啡馆，他们面对着彼此讲话，就像他们当初一样，说到开心处，许明浩笑起来。

许明浩已经好久没有这样笑了。

佳旺默默地回到家，从衣柜顶部拿下自己的行李箱，太久没用它，蒙了灰，她把它擦干净，把当初带来的东西重新塞回去，衣服、书、CD、玩具熊、照片、贝雷帽、玻璃瓶。没有感情的事物之所以能给人安全感，是因为它们不会抛弃自己。这是佳旺喜欢收藏东西的原因。

傍晚，许明浩回来，看一眼家里，问她：“你要走了？”

“嗯。”佳旺点头，又抱起那只铁皮盒子，“我可以把这个带走吗？”

“当然。”他走过来，吻一下她的额头说：“好好照顾自己。”

“你也是。”

许明浩站在阳台上看着佳旺离开，暮色中的身影格外厚重，就像一只慢吞吞的蜗牛。他依然觉得她是自己身体的一部分，只是那部分是牙齿，因不再牢固而被拔掉，剩下一阵空洞的疼。

而佳旺走过熟悉的街道，在一家珠宝店停了下来。她走进去，盯着一枚枚戒指看，最后，她看中一个细细的环，上面镶着一颗小小的方形钻石。简洁又大方，就像她的爱情。

爱情不在了，有颗钻石也是好的。

那天下午福州路的珠宝店接了一单神奇的生意，工作人员看着一个年轻的女孩从一个铁皮盒子里倒出大把的钱，5块、10块，还有数不清的硬币。她一张张一枚枚地数，数够了，去结账。然后把戒指郑重地戴在手指上，看着它开心地笑。

从此，佳旺的纪念品又多了一件。可是走出珠宝店的时候，她忽然哭了起来。

Cover my love

用你的爱覆盖{我的爱}

龙信

当我不再受到恶魔的诱惑，才有资格接受天使的爱意。

【1】

我周围的人一向鄙视我看湖南卫视，没有什么理由的，在他们眼里那是一个山寨电视台，《超级女声》山寨《美国偶像》，《丑女无敌》山寨《丑女贝蒂》，甚至插播连续剧的间隙，也堆满了山寨版的手机、化妆品和运动鞋广告。

他们不知道，我的工作也是那么山寨。我在一家百货公司上班，就在最热闹的步行街中心，谁都可以听到我在播报打折信息。小广播室在百货大楼的最顶楼，作为商场播音员，日子琐碎，人也利索不起来。

可是总有一些特别的事发生。比如在我感冒播报打折信息的时候，有个男人敲开了我的门，他一定不常逛百货公司，两手空空，发型低调，估计是宅男一枚。果然他开口了："小姐你的声音很好听。"

对于这样的恭维，我早就听得耳朵失灵，好在他的目的不是泡妞，也不是来验证声音好听的女孩都是迅猛龙，他给我名片，是个彩铃工作室的电话，邀请我为彩铃配音。

我感谢他，把名片放一边，等他出门的时候继续播报买200送200这些无聊的折扣信息。只是那天还发生了一件小小事，我在广播间遇见了庄臣。

【2】

庄臣，我亲爱的庄臣，样貌和声音一样性感。我所时常回忆起的就是我们在大学的那段校园广播台时光，卑微的广播台因为有庄臣，居然蓬荜生辉。我的青春也一并被彻底照亮。我们在广播室播报校园新闻，开设现在已经销声匿迹的点歌节目，就有那么一次，一个机械系的女孩给她的男朋友点歌，念到了一半，机器出了故障，就出现了，孙小梅，我是机，机，机，机。机。所有人都在笑，是的，那些记忆就是这样有趣而明朗，叫人一生难忘。

我所不愿意回忆的则是在毕业后，在我不断赶往就业场的时候，庄臣却把我蹬了，找了一富家女。

庄臣那天是来找他女友的。他手机没有电，在10层楼里整整晃了一圈后，还是没有看到人，就来广播室。他推开门，我顿时错愕，嘴巴大得可以塞进烤箱……

那天庄臣和他拎着大包小包战利品的女友离开的时候，我手里握得紧紧的是他的电话号码。

【3】

庄臣的女友是个购物狂，最大的能力是花钱贡献GDP，她买很多衣服，很多连标签都没扯。百货公司一定爱死了这样的女顾客，我也爱她。她每次来，都是我和庄臣约会的时间。是的，我们约会了。大学的小小情愫压抑了太久就什么都不管了。

他和我接吻，在小小的广播室，他还是那么警惕，检查了一切设备，确认不会出什么意外，然后才吻过来。一切都那么和谐。

我以为我们的故事会永远停留在这个上面。可是庄臣不满足了，他当然不是要和富家女分手，他想介绍我们认识。

“你吃错药了吧？”

“最危险的地方最安全，”他坏坏地笑，“到时候你可以陪她打麻将，喝茶，她不会有疑心的。”

我嘴巴再次大得可以放进一只烤箱。

【4】

这期间，那个彩铃先生找过我一次。他比上次好看了，棱角分明，像《赤壁》里的张震。可是，我是深陷爱情中的傻妞，一点儿也看不见别的男人。他说，“可以请你吃饭吗？”

我点点头，又立刻摇头。我很忙，比牛仔还忙。我要播广告，播促销信息，播寻人启事，播停车位。更重要的是，和庄臣交往以来，我已经和那些曾经爱慕过我的男孩，没有了任何联系。我告诉他们，20出头，坚持爱情就是一种勇气，25岁以后坚持爱情就是一种无赖。爱情就是一个势利眼，我想脸皮薄的男孩都会被吓退吧。我怕被庄臣看见我和别的男孩约会，我怕伤了庄臣的心。我真是奇怪的动物。

彩铃先生黯然地回去了，回去之前，他把他们工作室做的彩铃拷在我电脑里，“有空的时候听听。”他建议。

我答应下来，下一秒就把这个建议彻底忘记了。

在庄臣的一次看似不经意的安排下，我和他女友成了朋友。我想我的无耻也太没有上限了，我真的能够心平气和地和她打麻将，喝茶，帮她参考衣服。

那位照亮我青春的男子说，“我真的不愿意看你因为我不结婚，没有爱情。”

我环住他的脖子，“你就是我的爱情，你就是我的世界。”

他轻轻取下我的环绕，叹口气，“可是我不能和她分手。”他的眉毛一转，说，“要不我给你介绍相亲对象吧。”

【5】

好为难啊，我也许只有这么做了，我真的接受了庄臣安排的一次相亲。那是他的一个亲戚，是个博士。

我真的很绝望，我看见庄臣谈笑风生，看见博士就像看到恶魔一样恶心。可我又不是天使，对于那些恶魔、抽烟、酗酒这样的恶习从来都欲罢不能。

相亲的时候，又碰到了彩铃先生，我还是不知道他的名字，但有了小小的亲切。他知道我在相亲，说，“为什么你不和我相亲？”

我笑一笑，还没有回答。他立刻又补充，“我是和你开玩笑的。”

唉，脸皮薄的男孩都这样，还没有听到回应就先拒绝了自己。

可是我真的热爱庄臣给我安排的一切吗？无懈可击，却像牢笼。那根本不配叫爱情。就有那么一次，在他和女友来百货公司购物的时候，我把他带到了广播间。我和他说我不想要他安排的那一切，如果可以的话，我想和他在一起，如果不可以，我就想离开这段感情。

庄臣却跳了起来，“不可能，谁让你先纠缠了我，现在要离开，我不会放过你。”

除了打架，我们把能说的丑话都说了。我们像两只红了眼的牛，互相不让对方。就在我们吵得天翻地覆的时候，广播室的门被猛烈推开，富家女冲进来，一巴掌就打在我脸蛋上，很好，5个手指印让我增加了点儿气色。就在刚才，我和庄臣争吵的时候，我们都太激动，都忘记了关闭话筒，所有顾客都听到了我们的谈话。我从窗口看出去，他们都站在走廊上朝广播室看热闹。

“不要脸的。”她再次打我一巴掌，庄臣见势不妙，把她拖走了，可她还不老实，要用高跟鞋踢我，一只鞋子飞到了广播台，挂在了话筒上。

我想我完了。广播室不透风，我却觉得很冷，我把脸丢满了整个百货公司。

【6】

我被辞退，那是应该的。

我收拾了东西，把它们整理好放在一个箱子里。然后开始整理电脑，我必须离开，哪怕是个山寨电台，我也呆得不够安稳。在我整理电脑的时候，我发现了一个文件，里面是很多条的音频。我突然记起来那是彩铃先生的作品。也好吧，最后一刻听一听，他也不是什么坏人。

我想我的眼泪终究是会为一个人流下来的。在那些彩铃里，不是别人的声音，是我自己的。虽然是枯燥地播报打折信息，但被处理后也变得性感无比。真的，我有小感动。我想这个世界上，有人真正看到了我的美。

我给彩铃先生打了电话，那是我第一次主动给他电话。他的声音充满了亢奋。他说，“你来我们工作室吧。我们做同事。”

也好，天涯海角，又有经济危机，找一份工作是最实在的。

在彩铃先生的工作室，我真的很努力，努力工作就能够努力忘记。我们做了很多作品，有些下载量很高，特别是我的那些打折促销彩铃，很受欢迎。

我一点点地好起来。尽量不去触碰那些痛。就有那么一次，下班很晚，彩铃先生说，“我们都是孤家寡人，应该尝试约会。”

说这个话的时候，他面红耳赤，真是羞涩的小年轻。

可是我有过去。我没有告诉彩铃先生我的过去。但他却微笑，“我都理解。那天广播事件的时候，我也在场。”

我想生气，却无法说出口。可是那个亲爱的彩铃先生说，“有些事情，遗忘的最好方式是用一段感情去覆盖另一段感情。”

【7】

一年后，真的一年，365天后，我还是没有和彩铃先生约会，但我又一次见到了庄臣，他给我电话约我，一次又一次，终于最后一次，我主动出去了。

在咖啡馆，他说，“你的声音还是那么好听，我都下了你的彩铃。”他还是那么俊朗，上帝的宠儿从来都是蛊惑女人的蛊。

他的手再次伸过来，我却缩回去，不再迎合。面前有杯热咖啡，我也没有端起来淋到他脸上，我就那么心平气和地出了门。

有时候，平静比歇斯底里更有力量。

是的，那么多的夜晚，一年，365夜，我一次又一次期盼遇见庄臣。但是这样的期盼不是为了重归于好，只是为了证明自己是否可以抵御那么盛大的诱惑。现在看来，我完全做到了。

当我不再受到恶魔的诱惑，我才有资格接受天使的爱意。我在走路回家的路上给了彩铃先生一个电话。我说，“想一想你一年前对我说过什么话。”

“请你做我的女朋友？”

我在电话这头点头。可是我又怕他还是脸皮薄的男子。我再次告诉他我的那套理论。20出头，坚持爱情就是一种勇气，25岁以后坚持爱情就是一种无赖。爱情就是一个势利眼。

我说完这个理论，电话那头的彩铃先生说，“那没事，我才24岁，还不到25，可以多无赖几次。”

我还能说什么好呢。如果明天有一段新鲜如甜橙的爱情扑面而来，我真的作好了一切准备。

一座城市带给每个人的是不一样的东西。他想要的是梦想，她想要的是安全感，而戴夜夜，她想要的是一个家。

One city 一座{城池}

柏林慢

【一个好好的姑娘，怎么能与“二”字沾边呢！】

2002年的时候，张光明还很年轻，年轻到除了有一个女朋友以外就一无所有了。于是张光明决定让自己再有点什么，用他的话说，就是创造自我价值的时候到来了。

时正值A城大力改造，张光明通过关系准备大干一场。他让父母把去年刚给自己买的房子给卖了。他安慰父母道，我总得在年轻的时候干点什么破釜沉舟的事儿吧，不然老了以后就什么都不敢做了。张光明的房子新，地段好，再加上急需用钱，房价开得低，来看房的人络绎不绝。可是张光明就只相中了一个人，那个女孩有个好听的名字，叫戴夜夜。女孩子嘛，要求多，看房子看得细，从厕所到厨房、到卧室、里里外外走了不下30次，最后说：成，你给我少1000元，我买了。

戴夜夜跟着张光明办完了房屋转接手续。戴夜夜拿着钥匙看着眼前的新家，拍着张光明的肩膀说：“明亮同志，走，我请你去吃个成交饭！”

小餐馆里戴夜夜对张光明这个房子展开激情畅想：她要在阳台摆上一张小木桌喝下午茶，要把卧室涂成粉红色，要将浴室装成明黄色。自己的家在张光明的脑海里一块一块地坍塌，一幅幅崭新的画面又在脑海中重新构造起来。

吃完了饭，戴夜夜向张光明挥手道别。就在这时，后者猛地拉着前者冲过了马路。戴夜夜惊魂未定，误以为张光明反悔卖房的事情而要至她于不利，等到了一片漆黑的空地的时候。张光明才放开了她，他喘着大气说：小戴，你看啊！

面前，是一片残垣断壁，远处的灯光照过来，戴夜夜依稀能辨认出墙上写着大大的“拆”字。张光明带着戴夜夜跑上废墟顶，他指给戴夜夜看，说，“你看到这一片了吗？这是我承包的工地。别看现在这么破烂，要再过一年，这一片将会发展成最好的商业区。而你站的这一块，就是这一块，以后会变成A城有史以来最好的写字楼。”张光明抬头看了看戴夜夜接着说，“像你这样的小资说不定以后还会来这里上班的！”

戴夜夜迎着张光明的眼睛淡淡地说:“可我不上班的。”

张光明问：“那你是干吗的呢？”

被黑夜笼罩着的戴夜夜散发着一股神秘的气质，张光明脱口而出：“二奶？”

戴夜夜低头吃吃地笑，没有回答。此刻张光明多么希望戴夜夜反驳一下，至少也得说点什么，可是戴夜夜什么都没有说。

一个好好的姑娘，怎么能与“二”字沾边呢!

【戴夜夜就只能是一个人】

那次以后，张光明好久都没见过戴夜夜，偶尔站在工地上也许会想起那天晚上的戴夜夜。但他更多的时候是对这个城市的感慨。这个城市现在风尘仆仆，可是早晚有天会尘埃落定的。

小工头阿炳跑来告诉张光明有人找的时候，张光明一抬头就看见戴夜夜站在门口露着明眸，巧笑倩兮。张光明摘下安全帽，露出被压扁的头发说：“嘿，可巧了，你怎么来了？”

戴夜夜说：“想找你帮个忙，我家的水管破了，能帮我去看看吗？”张光明没多想，回头对阿炳交代了一声就跟着戴夜夜走了。

房子果然被戴夜夜装成她说的那个样子，房间里没有一丝男人的气息，只有淡淡的女人脂粉香和看上去幼稚、粉嫩的毛娃娃。这让张光明多少有些欣慰，在张光明潜意识里，他觉得戴夜夜不该有别的男人，戴夜夜就只能是一个人，要有男人——他大言不惭地在心里说——也只能是他张光明。

后来戴夜夜又来找张光明换灯泡，修电脑，拆空调……小工头阿炳问张光明：“那姑娘是你家亲戚吗？”

张光明说：“对啊，她是我奶奶！”

嘴上尽管这么说着，可是张光明还是很愿意被戴夜夜支使。张光明决定用他在谈生意上的口才去情场上争取戴夜夜，他说：“我是个优秀的男人，我没有不良的嗜好，并且我是这个城市的创建者，我正在努力把这个城市建设得更美好，当然，我也会努力创建我的爱情，乃至我的婚姻。”

戴夜夜淡淡地说：“这位仁兄，你说的话，我听不懂。”

【砸破脑袋的小石子】

坐在工地上的张光明眼睛有点失神，他搞不清楚戴夜夜到底要的什么把戏。正这么想着的时候，一个小石子从高空坠落下来，刚好打到张光明的头，汩汩的血顿时流了出来。张光明开始相信什么叫祸不单行了。他捂着脑袋歪歪扭扭地从地上站起来，仿佛就因为这颗砸破他脑袋的小石子他突然厌恶起眼前这片钢筋混领土，横冲直撞地跑出了工地。还好小工头阿炳拽住了他奔去医院。

出租车在拥挤的大道上步履蹒跚，汽车的喇叭声让后座上的张光明烦躁难耐。这个城市太拥挤了，拥挤到10分钟的车程，却让张光明苦苦在车上等了20分钟。当车子开到市中心广场的时候，张光明突然大叫一声，“停！”然后冲下车，冲向在广场中央的戴夜夜，结结实实地给了与她拉扯的那个男人一拳。男人反攻，打得本来就受伤的张光明突然一下找不到了北，他想去扶住戴夜夜，自己却一下子倒了下去。

张光明的耳朵里传来工地打桩的声音，汽车的喇叭声音，和这个城市莫名其妙的喧哗声，张光明脑袋像驻扎了18个摇滚乐队。

住院的时候戴夜夜来看过一次张光明。她提着水果篮，穿着翠绿素雅的棉布长裙。她的头发散在肩上，风一吹过来，就柔柔地抚上了她的脸庞。张光明躺在病床上，他一动不动，他想着伸手去抚摸戴夜夜的脸，为她把头发拨到脑后。可是他一动也没动，他只是看着戴夜夜的眼睛渐渐变成宝石般的樱桃红，看着他微微蹙起的眉头。

这样的表情让张光明难过，并且绝望。等到戴夜夜走了以后，张光明仿佛以为刚才只是一个梦。他站起来走到窗前，在医院7楼的病房里，看着这个渐渐变冷的城市，像极了他的内心。

是不是他已经不再适应这个城市了？或者说，这个城市已经不再是他心目中的城市了？

【我是不是真的很狠心啊】

出了院的张光明士气低下，他已经忘了当时拉着戴夜夜的手站在废墟上的那片豪言壮语了。如今，他坐在刚见雏形的大楼里，迎着落日的余晖感慨着生活的变迁。他想，旧城就是旧城，盖再多的房子，铺再好的路，建再高的桥，城还是那座城，一点变化都没有，或者会变得比先前更糟糕。

几个月后张光明的楼盘已经接近了尾声，可是上边的尾款还没有打下来。一拖再拖，张光明也懒得再去找他们了，就把工程停了下来，遣散了劳工，这有点心灰意冷，自甘堕落的感觉。到最后，张光明连房租也交不起了，就收拾了东西跑到戴夜夜家里蹲点，他想，戴夜夜是要对他负责任的，至少他曾经用那么低的价钱给了戴夜夜这栋房子。

张光明拿出厚脸皮臭要饭的本领占据了戴夜夜房子的一角，他承诺以后会做戴夜夜的全职家政，只要戴夜夜让他住到他资金能周转为止。戴夜夜无语地耸耸肩，意思是说，爱咋咋地吧。

第二天一早，张光明就被一阵急促的敲门声吵醒。戴夜夜示意他别出声，然后搁着门链看见那个在广场上一拳把他打倒在地的男人。

"戴夜夜，你真这么狠心，你不怕哪天我横死在街头吗？"男人说。

"我怕，可是我更怕老来无依。"戴夜夜说。

男人悲愤地转身走了。戴夜夜黯然地关上了房门。她给自己泡了杯茶，张光明看见戴夜夜的眼泪珠子就快要落下来了。他走过去，摸着她的肩问："你，你怎么了？"

戴夜夜转过头，定定地看着他说："我把我所有的钱都拿来买这套房子了，却没有把钱借给我男朋友去还高利贷的赌债。我是不是真的很狠心啊？"

张光明看着这个同样不肯把钱借给男朋友的女人，就突然想到了段小思。他说，"这怎么能算心狠呢？你没有帮上你男朋友，可是你帮了我啊，要是没有你最后那笔钱，我还真没办法把我那个工程给承包下来。"

至于戴夜夜为什么不去上班，原因很简单，戴夜夜其实是一个小小的，并不怎么出名的作家。出过几本书，稿酬都特别低，好不容易存了点钱，却被男朋友拿去还赌债。当她意识到自己的傻时，就停止了付出，开始攒钱。她偷偷给自己设了个小金库，没想到还是被男朋友知道了，于是戴夜夜索性把钱换成了房子，那么谁也拿不走了。

她只是一个没有稳定收入的女子，但她独立，坚强，唯一的梦想是在这座城市里面有个家。她不能依靠好赌的男友，那么就只能自己依靠自己了。

【爱，越来越美好】

一座新城在成为新城之前总会经历颓废萧条，就像一个倒退了几十年的旧工业城市，铺路，修桥，鲜红的拆字让人触目惊心，先前的美好不复存在，未来的希望不可预知。可是这座城市正在逐渐地变得崭新且富饶，城还是那座城。

张光明主动打电话跟段小思问好，段小思欣然接受，还直夸张光明越来越成熟、稳重有风度，果然时间这颗良药治好了张光明的年少轻狂。张光明笑着点点头，他终于明白，一座城市带给每个人的是不一样的东西。他想要的是梦想，段小思想要的是安全感，而戴夜夜想要的是一个家。

此时张光明的工程在经过漫长的冬天以后也迎接来了新的起点，高楼迅速完工。他有了钱，有了闲，还有一个能拉起手来跟他共同幻想美好生活的女朋友——戴夜夜。他们坐在家里的小阳台上晒着温暖的阳光，戴夜夜说，想要有一个有一面墙大的大书架；张光明说，想要搁一个小房间出来专门看电影。

看来，这套低价卖给戴夜夜的房子，装修的风格又要开始变化了。

张光明越过小木桌向戴夜夜伸出左手，"你没有发现这座城市最近越来越漂亮了吗？"

戴夜夜伸出右手，"你没有发现爱情越来越美好了吗？"

Boss sui

{苏主管}请问你今晚是否有空?

丘戬

放弃也需要勇气，这种勇气，有时候是离开我们的那个人教会我们的。

【好感觉，坏感觉】

这是沈宗如进入这家甜品店的第六个小时，店子里只剩下他和女店长苏明笙。空气寂静得不真实，沈宗如有些神游。再撑半个小时，就可以风风光光的回家，告诉家人，虽然这是读大三的他第一次出来兼职，大三工作的感觉很不错！即使工作只是卖甜品，可芬芳的葡式蛋挞，丝滑的黑森林让空气都很甜蜜。他爱极了这感觉。

还剩下2分钟的时候，沈宗如忽然发现了有点不对劲。这20多分钟里，苏明笙始终埋着头。空气中隐隐有一些酸味，他这才意识到，她哭了。

网上的新店员宝典直白地告诉沈宗如，这时他应该视若未见。沈宗如也的确想悄悄地走了，却被苏明笙叫住。一起走吧。

沈宗如看到她摘下了绿色的小帽子，垂下的头发遮住了半张脸，勾画出一个漂亮的侧影。

苏明笙侧过头来，店子里的同事，这一天你认识了几个？

我全认识了，嘿嘿。沈宗如喜欢她的这个问题，他觉得这是件很自豪的事。沈宗如在等她的下一个问题，却听到她喃喃自语——但是明天我就不是你的同事了。

【巨大的，生动的】

这生活，永远都是巨大而生动的悬疑。

第一天上班，沈宗如就用一张纸记录了所有人的即时联络方法。在他看到苏明笙MSN的ID时，忍不住心头一紧，Love ta, Love ta，像一个女孩子的呓语，小小的重复有着异乎常人的坚定，更莫名的是，他总觉得那里面有着小女生的俏皮意味。

中西结合。Love ta。爱他。

20来岁的年龄，有谁没一点点过去呢？可那个他是谁？沈宗如有点想猜。

可是还没等到猜想出答案，苏明笙就辞职了。真的不再是他的同事。不知为什么，沈宗如每天都会幻想着也许苏明笙会再次出现在店里。可是暑假过完了，直到沈宗如开学，也没有再看到苏明笙。

而且，苏明笙的头像一直很安分。不发亮，不跳动，一直灰灰地，在离线的那一栏里。

她一直灰着，可也一直在沈宗如心里闪烁。

【听Ta说，对你说】

再后来，沈宗如大学毕业，去了一家银行的信用卡部，负责信用卡审批资料的最后核实。

这是一份闲差，因为所有要核实的先前都已核实完毕，他只需要象征性地扫一眼，再把资料传送到制卡中心就可以了。日子倦怠而烦闷，沈宗如养成了每个小时都去茶水室咕咚咕咚喝下一大杯饮料的习惯。

7月蓬勃的阳光，有着让人犯困的中午，沈宗如一个激灵坐起身来，他面前电脑上的那份资料上，赫然写着苏明笙这3个字。沈宗如不知道用什么言语来形容当时的感觉，他唯一能感觉到的，就是从心脏里滋生出的微微暖意。

一万元额度的金卡，是再正常不过的审批结果。沈宗如环顾四周，创造了一次工作失误。一周后，苏明笙收到的金卡，额度是10万元。3个月以后，会有银行的工作人员主动邀请她加入到白金卡的行列，从此她打她最爱的高尔夫，只要预约，就能受到免单的VIP待遇。

回家以后，他仍在MSN上与甜品店的小同事，小A、小B、小C唧唧喳喳。现在他已经不需要再像以前那样，用小A、小B、小C来代替记不清楚的名字了，他仍是觉得这样亲切一些，像是在缅怀什么。装作很偶然的样子，嘿，老大现在怎么样啦？

小A说：老大搬家了，换了号码。

小B说：估计又失恋了。哎。

小C说：老大一直没有一个真心对她好的人。

……

沈宗如忽然就想起，最后一次见苏明笙时的情景，她一直低着头哭。

【苦差事，苦旅程】

沈宗如请了一天的假，夹在市场部的同事中间，去高尔夫球场做市场活动。

距离他看到苏明笙资料的那天，足足有4个月的距离。此时的苏明笙，已经是白金卡用户。在沈宗如的电脑上，他可以清楚地看到她每一次的预约，时间以及地点。

高尔夫球场永远不缺谢顶、腆着肚子的中年男人，或者说是衣着华贵的阔太太们，年轻的苏明笙夹在他们中间显得特别显眼。沈宗如站在一边，远远地不动声色地望着她，看她挥杆，看她奔跑，看她打出一个又一个好球。沈宗如看着看着，就自顾自地笑。同事们只能用中邪两个字来形容他当时的表情。

后来是沈宗如忍不住跑过去，站在苏明笙的面前，如同他们的第一次见面，沈宗如喊出口的，还是“苏主管”3个字。

同事们面面相觑，连沈宗如自己都感到莫名的惊讶。

惊讶也罢，尴尬也罢，都在苏明笙的一笑之间轻易地化解了。站立的空当，仅仅是几句不咸不淡的问候的话，对于沈宗如已经足够。

苏明笙被别的球友拉过去打球，沈宗如捏着口袋里的城市地图，约吃饭的话终于还是没有说出口。

他是这个城市的陌生人，地形不熟，还没有挑到一个好的吃饭的地方，这是他给自己借口。

而只有他自己才知道，有着太多的小兔子，在敲击他心底的退堂鼓。

【路边摊，她喜欢】

小口地喝着梅子清酒，芥末呛得人想流泪，两个人都吃得很拘谨。苏明笙微微绷起的脸，在沈宗如看来，像极了碟子里那绝望的生鱼片。

这所位于城南的日本料理店，沈宗如以后再也不会来了。膝盖跪得生疼，寿司吃不习惯，服务员做作得让人看不下去。早早吃完，带着草草收场的意思。沈宗如不是没有恋爱过，而此时，这种强烈的慌乱与无措感，让他无所适从。

街头人潮涌动，路灯昏黄看不清过客的脸，沈宗如连说话都显得没有力气。在饭桌上，他还是叫她苏主管。他不知道为什么，自己总改不过口来。

一连憋闷了好多天，城市也不适时地蒙上了一层灰色。于是在灰色的黄昏下，沈宗如在路边摊看见了苏明笙，和一个长得还算可以的男人，相谈甚欢。她吃蜜汁鸡翅，吃绝辣的鸡爪，啃烤得发黑的玉米。就是这些平常的小吃，反倒让她欢喜了容颜。

看着她一脸愉悦的样子，沈宗如知道，还未开始，自己就已经出局了。

【七天光，六天雨】

许多个日日夜夜里，沈宗如闷在家里的时候，开始思考这一段感情的出路。暧昧是情人才做的事情，他与苏明笙清清白白。清白到他对她的称呼，都只是上司，老大，主管之类。尽管，她不做他的领导有好长时间了。

在和小A的谈话里，他知道，苏明笙要去海南了。

沈宗如从床上跳下来，跑到客厅，打苏明笙的电话。电话传来嘟的一声，沈宗如用120分贝的声音来壮胆，他说，苏主……哦不，苏明笙，我喜欢你!

电话那头说，您所拨打的电话已关机。

已经是午夜12点了。

沈宗如看了看墙上的挂钟，一屁股瘫坐在客厅的地面上。

【离于爱，依与怖】

熬到苏明笙去海南的前一天，沈宗如去送她。

在苏明笙的屋子里，在知道苏明笙不会再回来的消息后，沈宗如解放了苏明笙和她的准男友，他一个人在厨房里叮叮当当。

这次的饭菜也很有花样，以菜为主食，饭为点缀，大家都吃得很欢畅。她露出欣然的笑，沈宗如就释怀了。

最让他释怀的，是苏明笙对他说出的6个字。她说：我知道，谢谢你。

她想说什么，沈宗如心领神会。其实这么些天来，他只是缺一个交代。有时候恋爱带着博彩的姿态，大龄的人恋爱需要适逢其会。只是他恰恰游离在相知相许之外。对自己说，勇敢一点。却只是说说而已。

晚上11点的飞机，9点时苏明笙才走出SOHO不夜天，出了门，走向新恋人的奥迪A6。沈宗如朝她挥了挥手，抿抿嘴挤出一个笑容，放平了身份，平心静气地以平等姿态无比惆怅地说了一声——苏明笙，再见。

空荡的屋子里，他和苏明笙在MSN上闲聊，从来没有那么畅快过，聊天记录翻过去一页又一页。连他自己都惊讶了，可又有什么奇怪呢，他只是觉得屋子有点大，对于她也没有什么好害怕了。可这平淡生活中陈列开来的褶皱还是让他唏嘘了好久。越在乎越放不开，无望却让一个人变得释然。勇气有时候，还真是个奇怪的东西。

正如书上说的那样，若离于爱者，才无依亦无怖。

是这样吧。

White tea and deer

4月下午{白茶与鹿}

波塞东

他们失散在茫茫人海中，再次相遇的唯一机缘，就是动物园再次出现豚鹿。他知道她一定会去看豚鹿，她也如此坚信。但是这种动物绝种了。

【一头喝二锅头的野猪】

2006年盛夏，云南永德深山里的村民频繁在自家田园中见到豚鹿的身影。徐必在网上看到新闻后，决定到这里来。他是一名野生动物摄影师，最近需要拍一组野生动物的照片。

徐必在海拔800米左右的河岸边支起帐篷等待了一个星期，豚鹿始终没有出现，反而在某天深夜，他的帐篷遭一头脾气暴躁的野猪造访。野猪像角斗士一样掀翻了帐篷，对着他备用的熏肉大快朵颐，并且把盛在碗里的二锅头喝掉了一大半。

当天凌晨，徐必下山来到村里的一家诊所，他把木板门敲得咚咚响，大约10分钟后，诊所内的灯亮起来。开门的是一位女孩，她打着哈欠问徐必怎么了？

徐必指指自己一瘸一拐的腿说："被野猪拱了。"

女孩开门把徐必让到屋里，迅速从架子上取下医药箱，"我爸爸有事出去了，你的伤口得先消毒。"

徐必没说话，他坐在板凳上，看着这个姑娘娴熟地扯掉他大腿上用来止血的毛巾，伤口已快结痂，干掉的血块黏住了毛巾，"痛吧？不过你得忍一忍，不然感染了就严重了。"

包扎好伤口之后，徐必问她："我能在你这里住一晚吗？我的帐篷也被那家伙拱坏了。""你没被野猪吃掉，算你命大。我们这里有野猪吃掉人的事情哦！"她把那条沾满血的毛巾丢到垃圾篓里。"那么就睡这张床吧。"她指了指小医务室的诊床。

"你知道吗？刚那家伙还喝酒呢，喝了大半碗，现在肯定要打醉拳了。"徐必坐在床上对女孩说。

女孩被他逗笑了。她给他倒了杯热茶，转身离去。

那天晚上，徐必住在这个叫做白茶的女孩家的诊室里，窗外有夏虫长鸣，星星满天。他突然想起3年前和宋喜云一起到这里来的日子。也是这样的仲夏夜，他们躺在木屋里的地板上，说了一整晚的话。

【最珍贵的馈赠】

宋喜云是徐必的大学同学。系里的男生都在私底下讨论她的美，但却又对她敬而远之，因为据说宋喜云的精神不正常，拿他们的话说就是脑子有病！

可是，徐必不那么觉得。徐必追到了宋喜云。他发现那些人所谓的有病不过是她脑子里的奇思妙想太多了的缘故。艺术生嘛，做出点出格的事也在所难免。

大四毕业前，他们和班上几对情侣到野外露营。在呆到第四天的时候，他们在灌木丛里发现了2只小鹿，一只受伤了，另一只依偎在它的一旁，用舌头舔着它的伤口。有胆子大一点的男生用石头去砸那只受伤的鹿，可是它的同伴却朝着人们嘶鸣，哀求般望着他们。 徐必被那种回归到最原始的感情震撼，掏出包里的相机拍下一张照片，然后带领一队人下山。那是他在旅途中得到的最珍贵的馈赠。

很多年后，徐必成为一名小有名气的野生动物摄影师，长年在野外驻守，使得他和宋喜云聚少离多。宋喜云能做的只有等待。那是纯正的等待，因为徐必常常在深山里，手机都拨不通。这种事情，不论是对于普通的家庭妇女还是对于一个文艺女青年来说都同样残忍，所以，当徐必每次回来，宋喜云就会和他吵架。

最后一次，吵架终于升级为分手。

徐必醒来的时候已经快中午了。白茶的爸爸已经回来。他帮徐必检查了伤口，然后叫白茶去厨房端菜。这个看起来像村干部的中年男人拿出了陈年老酒款待这个城里来的客人。他和徐必碰杯，白茶在一旁只是静静地夹菜，扒饭。

“你是动物学家吗？”白茶的爸爸嚼着花生米问道，词汇僵硬而贫乏。

“不是，我只是喜欢给动物拍照片。”

“这个能赚钱？”

“勉强够养活自己。”

“交女朋友了吗？”当白茶的爸爸问出这个问题时，白茶有点生气。她把碗放到桌子上，起身往楼上走去。

白茶明白爸爸的意思，爸爸太想她离开山里了。有一次，爸爸对一名考古男颇感兴趣，甚至背着白茶去求他把白茶带出深山。对于一个在这座大山生活了几十年的人来说，他们知道，要想走出这里，只能依托进来的城里人。

白茶的父亲把酒杯举起，“来，小徐，希望你能常来这里。”

徐必没有听出他话里的意思，点着头说，“会常来的。”

【单独给我拍一张】

由于腿伤未愈，徐必一时之间只能留在村子里。白天，白茶的爸爸会去给村民看病，不然，就和徐必坐到一起下象棋。

白茶的生活很单调。她只念到初中毕业，便休学了。她并不是一个热爱学习的女孩，她更乐意在山里穿梭，去采各种各样的草药。她熟悉山里的任何一条小道，并且经常把自己包里的干粮掏出来喂受伤的白马鸡或者丛林猫。

等到徐必的腿好了一点儿，白茶带着他去附近沼泽一带碰碰运气。徐必跟着白茶在芦苇丛里穿梭。到达一个小土坳，白茶安排徐必坐下来休息。就在他们喝水的间隙，一只形状不明的鹿从蒿草堆里蹿出来，直盯盯地望着他们。徐必捏着白茶的手，惊得喊出声来，“豚鹿！”在那一瞬间，徐必觉得他遇到了奇迹。

白茶走过去，把瓶子里的水倒出来，倒在手心里，把手伸了过去。这只受伤的野生豚鹿仿佛能够听懂一样，竟把头低下来，用舌头舔她的手心。

这个时候，徐必敏感地掏出相机，猛摁快门。

“它们其实生性胆小，不咬人的。”白茶把头凑过去，“来，单独给我拍一张。”

透过镜头，徐必看着眼前这个朴素而善良的女孩，内心里突然涌起一股感动。他不得不承认，他喜欢上白茶了。

徐必是在9月底回北京的，他在白茶的家呆了整整两个月后，腿伤已经完全康复。次年，在北京的某摄影大赛上，他那组名为“白茶”的照片——讲述了女孩偶遇豚鹿的故事，获得了金奖。在颁奖礼上，徐必遇到了宋喜云。她举起酒杯为他庆贺，仿佛他们已经是分手几年的老友。

再次相见，两个人都变得心事重重。宋喜云笑着说，“我可能要结婚了。”

徐必不再说话，那一刻他脑子里突然想起了白茶，她在他走的那天，送他走了好几里山路，最后在一座桥边，她停住了。她说：“你快走吧，天要黑了。”然后，他一咬牙大步下山。

那个晚上，月朗星稀，宋喜云去了徐必的公寓。一年不见的他们没有感到陌生，反倒多了一份阔别已久的激情。

但整夜徐必都梦到白茶。他还记得在临去时他对她说：“有空来北京玩。”他知道，对于一个住在深山里的姑娘来说，去北京是很难的一件事，但是他还能怎么说呢，千万言语，在不合时宜的相遇面前，只能化为这样客套俗气的邀约。

【濒临绝种的豚鹿】

2008年，徐必辗转收到一大袋子茶叶。徐必知道，白茶一定来过。他无法想象她一个人是如何经历重重困难来到北京的。他猜，她不会再来了。

他不知道，在他离开云南后，白茶无时无刻不想念他，所以她说服爸爸一个人来到北京。在地铁上她看到了无数个徐必的身影——穿着衬衫和牛仔裤，背着一只单反相机或者公文包的男子，在北京真是太多太多了。

当她终于找到徐必的住所，她发现那里早已人去楼空。但她并没有离去，她租下了那间空屋。3个月后，她应聘去了动物园。从小在山里长大的她，能吃苦耐劳，成为一名洗刷铁笼的清洁工。在动物园里，有一只豚鹿的笼子，可是它空着，因为据说原来住着的那两只老鹿，因为公的死了，母的也绝食而亡。白茶常常想，如果有一天，动物园来了新的豚鹿，我也许就可以在笼子的外面见到徐必了吧，他一定会来看那些鹿的，一定！

豚鹿总是成双成对地生活，相伴一生，至死不渝。可人类做不到那样，有时候是因为人类本身的复杂多变，有时候是世事弄人，使有情人无法再相见。

豚鹿其实已经绝种了吧？那次看到的，并不是真的豚鹿吧？有时候，徐必会这样想。

2008年，徐必已不再四处漂泊。他开了一家摄影工作室，像任何一位人到中年的男人那样沉淀下来。他没有再去过云南，当然也不可能去到永德的深山里。他变懒了，变得像一粒尘埃那样松软。他不想离开北京，甚至都不愿意离开朝阳区。他就守着自己的工作室晒太阳、看书和发呆。有时候会和宋喜云见面，并非不快乐，也并非深爱彼此，寂寞时，有一位旧情人可以来填补感情的空缺，也挺好的。

据中国濒危动物红皮书宣布，野生豚鹿在1960年灭绝。

徐必承认他会时常想起白茶，想起和她在一起呆过的短短的两个月时光。他知道，那是他的世外桃源，那是他一生里最美好的时光。

Count fishes

Count fishes

西雅图{数鱼人}
波塞东

她摸到了那只数鱼用的计数器。好吧，就从现在开始，每一分钟按一次按键，看看还可以再爱多少分钟。

【1】

姜熊在西雅图的第二年，遇见了乔恩。那天的姜熊刚刚在电话里跟国内的女友分手。他很痛苦。时值6月，气候炎热，仿佛有一种魔力，使他一直向西行走，一直走到了海港大坝上。

有十分之一秒他想到了死。他不能否认的生命里的1/10秒。望着海水，他极想葬身其中。但转瞬他看到偏左的视线里乔恩的身影。乔恩安静地坐在大坝的边上，那种心如止水的样子瞬间把姜熊拉回现实。那一刻的乔恩美极了，她穿浅色麻裤子，一双缀有珠子和琥珀的人字拖鞋，两件工字背心叠穿着，勾勒出身躯的峰棱。她回过头来。

“嗨，你在干吗？”乔恩说。姜熊没有回答，他懦弱地把视线转回海面。海面变黑了，几只海鸟在斜着向海里冲。他看着潮水突然涌动，大量的鱼往甬道里游进，而乔恩手里拿着一个不知名的小玩意儿不停地摁着。

“你在干吗？喂！”这次轮到姜熊发问了。

那天，乔恩告诉姜熊，她在数鱼。这个世界上有太多奇怪的职业，比如嗅蛋工、护花使者、排泄物研究员等等，而他当然也是头一回听说数鱼这样的差事。据报道，每年的4月到10月，在靠近美国西北部太平洋沿岸大坝的旁边，总有一些寂寞的老人拿着计数器轮番坐在那里，眼睛紧盯着水面，手指不停地按键，数鱼。他们靠这份工作得到水产贸易部的报酬。

【2】

如果你失恋过你就会知道，在失恋初期，不论男女，都超想马上抓住一个新的异性发展新的感情，那是一种对安全感的需求，其实与爱情无关。这种急于求成的心理使姜熊在每个周末来到海港附近，为了能碰上乔恩。如果碰上，像老朋友一样陪着她数鱼。

“你喜欢这里吗？”乔恩一边啃着姜熊做的三明治一边摁着计数器。

“挺喜欢的，你看，那些鱼游得多欢快。”

“那些都是不听话的鲑鱼，他们从不按修好的甬道游进来，他们好像不太喜欢受束缚，可是也由不得它们。”

等到月亮悄悄升起来，就是乔恩去换取酬劳的时候了。每天领到其实是很微薄的工资，乔恩会把它们分成3份，一份当自己伙食费，一份寄给妈妈，还有一份她则放到一个塑料小桶里。那里面几乎塞满了硬币，提在手上好重好重。乔恩在心里一直在计划着，再工作3个月，她就可以攒够往返北京的机票。

“你想回国吗？我们可以一起走。”乔恩说。

“不想，回国有什么好？”姜熊把外套扣好，“其实在哪里都一样，如果……”姜熊突然停了下来，非常郑重地看着乔恩。“如果你陪着我。”说出这样的话后，姜熊的脸红了，他知道他是多么大言不惭，但话还是要说完啊，“如果有一个爱人在身边的话。”

【3】

乔恩听到姜熊如此老套的表白后扑哧一下笑了。“姜熊，你的样子好怂，像一条北极灰鳟。”

姜熊接不上话，只是傻巴巴地看着乔恩。

“如果你能坐下来数3个月的鱼，我就答应跟你在一起。”

“好。”姜熊回答得很坚定。在这个世界上，能开出条件的一般都不会是太难的事。他一口答应下来。

真正开始数鱼，姜熊才知道这是一份怎样的工作。每天要干满8小时，平均每小时按键达300次左右。周末数了两天，姜熊的眼珠鼓胀，手指酸痛。但这些他还能忍受。对于他来说，这种日复一日的单调几乎是非人的折磨。

乔恩打趣他，“你还是算了吧，我怕你3个月后眼珠就滚出来了。”

“怕什么，大不了再塞进去。”姜熊动动胳膊。说真的，他觉得他的眼珠真的要掉出来了，可是他咬着牙也不说放弃。

“真的不用去数鱼了，我答应你。”乔恩忽然说。

8月份，西雅图进入最热的夏季，姜熊天天和乔恩腻在一起。他们去雷尼尔山国家公园，去太平洋科学馆，去太空针塔，甚至去儿童游乐园，他觉得满足。有爱情的日子就这样轻易地又回来了。

虽然他深深知道那不过是一种假象。真正的爱情怎么会这样轻易，就像帮一个姑娘数4天的鱼。

【4】

乔恩消失的时候是9月末，正好是数鱼工们结束一年工作的时候。姜熊再也没有在她常去的那段海港大坝上见到乔恩。没有人知道她去了哪里，包括她的妈妈。

姜熊见到乔恩的妈妈是在一个黄昏，在一所精神病院里。乔母看上去并无异样，坐在病房里织毛衣，姜熊问她：“乔恩来找过你吗？”

她摇头。

“知道她去哪里了吗？”

她还是摇头。

后来他才得知，乔恩的妈妈只会摇头。黑人医生玛丽告诉姜熊，这里住的都是无家可归或者没有生活保障的穷人，这是当地政府筹集建立的医院。她还告诉姜熊，乔恩也是从这里逃出去的。那个时候，她和她的妈妈刚刚被一个男人送过来，她们脸上都是伤痕。她的妈妈经常打她，说不该生下她。一个星期后，14岁的她藏在送蔬菜的大卡车车厢里逃跑了。等到乔恩走了，她的妈妈痛哭了三天三夜，然后就疯掉了。

告别乔恩的妈妈，姜熊一个人搭大巴车回市区。大巴车在盘山的山路上行驶，窗外是密密麻麻的星星，他觉得人世不过像一片大海，每一个人都是其中的鱼。有一些窒息在命运的暗流里，有一些妄想逃出生天，却不知道，在冥冥中有一只计数器，正在暗算着你的爱恨流年。

【5】

而此时北京是凌晨4点，乔恩和名叫徐象的男人刚刚从酒吧里出来。徐象夸她长漂亮了，头发也长长了，手搭在她的肩膀上。

乔恩只是笑，笑得有点心酸，有点胆怯，有点意味深长，又有点不知所措。

徐象根本没有注意到乔恩脸上的表情，这个10年前在西雅图海港附近被人发现的小女孩如今已经长大了，她好像比从前更有吸引力。他的手向下移，勾住她的腰，把她抱上了他的车。随后，他们进了一家酒店。

北京的清晨透着一股淡淡的哀愁，做完事的徐象已经沉睡了过去，中年发福的他已经有了大肚子。乔恩还记得10年前的那个晚上，她被司机从送蔬菜的卡车车厢里揪出来，他要打电话报警，可是她求他，“只要你不打电话，我可以做任何事。”

于是卡车司机徐象把她抱进了驾驶室，对于14岁的乔恩来说，那个夜晚被记忆篡改成这样：他没有对她做任何事，就那么静静地陪她坐着，看着她哭，最多是递上来一只手帕。

那是一只来自中国的手帕，黑白棉格子，边缘是机器锁住的波浪线。这张手帕乔恩一直保留了10年，连同徐象那张并不出众的脸。但那个夜晚真正发生的事情是暴力与伤害，他以一个成年男人的强势和猥琐占有了她，在事后，他递上来一张手帕，让她擦干眼泪和血痕。

他拍拍她的背，“别哭了别哭了，我爱你。”他说，为了能让她停止哭泣，他撒了这种谎。如果伤害就是伤害，从不以爱的名义行骗，那么这种伤害还算得上磊落，一旦把伤害叫做爱，那就是最卑鄙的行径。但乔恩那年只有14岁，她分辨不出他话中的真伪，她抬起哭肿的眼睛问：“真的吗？”

“真的、真的、真的。”他忙不迭地说着，点上一支烟。

不久以后，徐象回到北京，乔恩偶尔会通过邮件和他联系。似乎是为了弥补某种罪过，他介绍乔恩去当了一名数鱼工，并鼓励她自立。他没有告诉她，他在北京已娶妻生子。

乔恩对徐象说，我会在北京和你会合。

【6】

在没有遇到姜熊之前，乔恩或许不会再回来了，留在北京，从此开始生根。她毕竟也才24岁，重新开始完全来得及。但她遇见了姜熊，一个干净，善良，害羞，有点懦弱但很真实的男生。他和徐象是完全不同的类型，他给了她一种愿望，那是一种想征服他，想改造他，想拥有他的愿望，想和他好好相爱的愿望。

她买了回到西雅图的机票。在机场她把剩下的钱全买了北京蜜饯，虽然那东西从来就不好吃，但骗一个从小生活在美国的姑娘却太容易了。她坐在候机厅，拆开一包先尝尝：一些水果，风干了，在糖里浸泡，再风干，再浸泡。直到它们完全死去，产生比之前更浓酽的甜味。有一些人就有这种味道，比如徐象，因为他在她心中死掉了，他成为永久的甜蜜，甜得发苦。

清晨7点40分，乔恩的飞机可以登机了。此时，还没有人会到达那座宾馆，没有人发现躺在血泊中的男子。一柄刀子，被以斜30度锐角捅进徐象的心脏，干得漂亮。她抽出刀，在徐象的脸上吻了吻，把那张手帕盖在他的脸上。

这时候，她忽然非常地想念姜熊，一阵柔软的心牵。她想起姜熊那句俗套的告白，他说“如果有一个爱人在身边的话”他在哪里都一样。她何尝不是呢？所以她迫切地想要见到他，近乎于一种原始的本能反应。

那是她人生最末也是最单纯的希望，一个会和她相爱的男生，或者说，一种可能。

乔恩坐在飞机里，她摸到了那只数鱼用的计数器。好吧，就从现在开始，每一分钟按一次按键，看看还可以再爱多少分钟。

不管多少，我都知足。乔恩对自己说。

请不要让我恨你好吗？

苏拉的月光波尔卡

爱哈无耳猪和烟囱里的Hanpanda

离岛

新德里，等北纬28度的一个轮回

好久不见，徐家树

他们原本是一对叱咤武林的夫妇，然后在某一天归隐山林，干起柴米油盐的勾当。

Detest you!

请不要{让我恨你好吗？}

那夏

【失控的落苏】

茄子，一年生草本植物，热带为多年生灌木，供于食用，有较高的营养价值。

这是来自于百度百科的词条信息，当然，如果你再用心一点儿，就会发现，茄子还有一个别名，叫落苏。

而此刻，这个名叫程落苏的女孩，奔跑在马路上的模样，看起来尤像一只失控的茄子。12月的夜漆黑而沉寂，落苏深一脚浅一脚地走在松软的雪地上，而后突然停住，目不转睛地盯牢眼前的小饭店。

它虽然很小，但并不妨碍她完成她的买醉大业。

“要一打啤酒，嗯，还有肉，什么肉都好。”落苏的瞳孔有野兽的气息。她要做一回刀俎，来鱼肉盘里的肉。

等待似乎永远都很漫长，她等得芒刺在背，等得如坐针毡，等到自己打了一个哆嗦，才发现眼前根本不是她要的酒与肉。

“我的酒呢，为什么是大麦茶？”

“因为冬季这里只供应大麦茶。”

“我的肉呢，为什么是青菜？”

“店里的肉卖完了。”

“噢。”在这一句寓意不明的叹息后，程落苏突然愤怒地跳起来，指着对方的鼻子说，“神经病！”

被骂做“神经病”的男人的笑容很惬意，他的眉毛粗而短，有一点蜡笔小新的味道。他头顶上戴着一顶神气的高帽，显而易见，他是厨师。

这年头，厨师都出来吓人了，程落苏想。窗外的雪又零零星星落下来，程落苏出神地望着盘里的青菜，停顿了片刻，默默地吃了起来。

她真的很饿。从下午辞职到现在，她仅仅喝过半打啤酒，这半打啤酒让她记住了臀部恶劣的触感——她摔了许多个跟头，为了到小饭馆再喝酒。

【园主，你好】

当失控的茄子再度变得神清气爽的时候，已是隔日中午。

她躺在一张陌生的床上，床单是茄子色的，墙壁是茄子色的，窗帘是茄子色的，她恍惚以为自己置身于一个硕大的菜园。

菜园里阳光正好，她瞅见了哼着小曲，心情不错的菜园主人。

“谢谢。”落苏窘迫起来，而为了不至于让自己显得更尴尬，她甚至挤出了一个比茄子还紫的笑容。而主人却用充满绿色朝气的声音回应她：“睡得还好吗？”

落苏就强装镇定地点头：“嗯，我要去上班了。”

“不是已经踹过他一脚了吗？”

落苏的脸就在瞬间扭曲起来：“我还说过些什么吗？”

“你说你踹了你们老板一脚，然后，你摔了很多跤，屁股摔成八瓣，然后你又说，你需要找一个人分担房租，因为你失业了。”

“噢。”落苏沮丧地笑了，“我还拜托你收留我，并且你答应了？”

一周后，当落苏把行李搬进菜园主人的房间里时，他刚刚做好一盘鱼香茄子。

“你是茄子怪兽吗？”

“它很有营养。”

“你知道吗，你的样子很像一个救世主。”落苏夹住茄子的时候稍微皱了一下眉毛，这样子谄媚不会显得太露骨。

“噢，我可以把这当做赞美吗？”

“当然。”落苏微微笑了，露出洁白的牙齿，“我想跟你学做菜，好吗？”

【茄子在茄子之后】

落苏成为了见习厨师，见习服务员，见习收银员。

真好，这间古里古怪的小餐厅，厨师就是服务生，也同时是老板。落苏来了以后，餐厅变得热闹起来。落苏洗菜的时候时常产生古怪的联想，比如他们原本是一对叱咤武林的夫妇，然后在某一天归隐山林，干起柴米油盐的勾当。

落苏这样想着，居然还有一些心虚的小甜蜜。她忽然间无限向往那些厨房里弥散开的烟火气。

于是在某个酒足饭饱后的傍晚，落苏开始倒腾许久不用的相机。

“喂，茄子，我给你拍张照好吗？”

“什么？”这个先后被叫做神经病、救世主，而今被称为茄子的男人迷茫的转过脸。

“你要说茄子，表示OK。”落苏解释道。

“噢。”

“你愿意做我的男朋友吗？”落苏按下快门的时候随即蹦出了这句话。

“茄子！”茄子答应得异常爽快，而后才渐渐明白落苏的另一番叵测居心。他的脸渐渐红起来，呼吸也变得急促。

“茄子之后真是茄子吗？”他有点手足无措的小慌张和小兴奋地问道。

“当然。”这真是一个莫名其妙的句子啊，落苏哈哈笑了起来。

那个夜里落苏顺便把床上的枕头也换成了茄子色，整个卧室摇身变成一蔬菜大棚。

落苏躺在大棚里，开始煞有介事地思考。

什么时候买一间真正属于两个人的菜园呢？

什么时候拥有一只小小的茄子呢？

什么时候什么时候……

这真是复杂的问题呀，然后她看见茄子走过来。他的厨师帽早摘了下来，但是落苏却觉得，他头顶似乎永远笼罩着光环——

这么久以来，是他始终充当着向导，带她穿越人生里的所有坏天气。没错，这就是一个大天使。

【尖叫的厨房】

如果说时间可以定格，那么落苏希望它静止在一个吃不到茄子的季节。

然后，她不会听见厨房的尖叫。

气爆的时候落苏正提着一袋新鲜的蔬菜走到厨房的门口，而茄子，正专心致志地对付着锅里的麻辣鱼，直至一声闷响。

醒来的时候，落苏躺在医院白色的病床上，她的床头堆满了花枝招展的果篮，她的床前围满了探望她的亲朋好友。可她却突然莫名地烦躁起来，因为她发现，她那越过人墙的视线搜寻不到茄子的身影。

她开始低声尖叫起来。

茄子醒过来的时候已是傍晚，窗外有扑棱着翅膀的白鸽。他的模样再也不像当初那般刚强。他有一点儿恍惚，有一点儿哀伤，但他沉默的脸依然有着好看的轮廓线。

落苏对着他不说话，只是轻轻握住他缠满绷带的右手。

“现在几点了？”他忽然开口问。

“哦，7点了，很晚了，你回你病房吧。”没等落苏答他，他又自顾自说下去。

落苏原本呆滞的面孔就忽然有了一丝波澜，而后便断断续续地抽噎起来。

“茄子，茄子……”她似在呼喊。

一个月后，落苏带着茄子出院了。他们依旧住在菜园一样的旧居里。落苏关掉了那间早已面目全非的店，专心地待在家里照顾茄子。

只是每日总有几个时段，家里的电话显得热闹非凡，总不乏人用无比哀伤的语调向落苏询问这桩气爆案的始末，而最尾，他们都会转而用无比欣慰和欢喜的语气询问她：“你的赔款拿到了吗？”

落苏就哆嗦地甩掉了听筒，她觉得他们有病。

【请不要让我恨你好吗】

医生曾经用复杂的术语向落苏描述茄子右手的情况，她听不懂，但是她明白，很糟糕。

可当茄子第十一次用左手推掉落苏喂到他嘴边的汤匙时，她忽然明白过来，很糟糕的，或许不仅仅是茄子的病情。

他们之间也出现了问题。

那是僵持过几日后的深夜，当落苏悲伤地蜷缩在茄子色的毛毯里时，她感觉到茄子凑过来的脸。他冰凉的脸颊贴在她单薄的背部。

然后她发现，她的脊梁，渐渐沉落入漫无边际的冰冷海洋。

“请离开，不然，我会恨你的。”她听见她身后的，那个曾充当着她生命中神明一样的男人低声哀求。

她明白，他不要她了。

那一夜，落苏忽然想起小时候看过的电视剧。电视剧中原本相爱的男女在经历生死的浩劫后，薄情的一方总是先行舍弃陷于水火中的另一方。

她舍不得放弃他，他却想先舍弃她了。

是的，在这场感情里，他始终充当着她的向导，她的光明。这样的付出，让他感到快乐。然而当他再不能为对方付出时，他单方面得到的爱便成了枷锁。

而此时，落苏是多么想转过脸去问问他，如果茄子之后仍是茄子，那么爱呢？爱之后是什么？

是恨吗？

在那样漫长的煎熬中，落苏终究是恍恍惚惚睡过去了，而当她醒来的时候，茄子却早已不再身边。

她痴愣了许久，像忽然领悟到什么似的，渐渐平和下来。她知道她再也找不到他了，因为他不会让她找到。

她缓缓地从茄子色的床单上爬起来，洗漱过，来到厨房。

餐桌上有一盘尚有余温的鱼香茄子，虽不如旧日做得光鲜好看，却仍是掩盖不了那熟稔的香气。

落苏茫然无措地望着眼前的画面，一瞬间，泪流满面。

Moon polka

苏拉的{月光波尔卡}

岑桑

如果有一天，你愿意相信她，请你在有月光的夜晚推开窗，为她弹一曲《安娜·波尔卡》。

【忧伤波尔卡】

你喜欢在午后的5点30分，推开5楼的窗子。我坐在西晒的窗口，就能听见你练习的琴音。这一年我们17岁，你总是穿深色的衬衫，坐在钢琴前反复练习两小时，一段小约翰的《安娜·波尔卡》，从磕磕绊绊弹到起伏流畅。有时，我真希望我们之间，就像你手指尖下的“波尔卡”，从艰涩到自如，只用3个暮色弥漫的傍晚。可是，那也只是希望。我们只有上学路上的偶遇，或者放学时一并等公车的10分钟。我不只一次地想，你站在公车站绿色的雨棚下，忽然转头对我说，“去我家听我练琴吧。”但这一句话，你却说给另一个梳长发的女孩。

那一天，我透明人一般跟在你们身后，看你和她并肩走进深暗的楼梯。你的窗子没有在5点30分打开，仍挂着紫色萱草花的窗帘。我一直站在窗前，等它拉开的那一刻，却没想到等回你加班的妈妈。她匆匆闯进楼道不久，楼里就跑出那个长发的女孩。她的衣裙乱了，像穿着一团揉皱的礼品盒。

我听见你房间里隐隐的争吵，有玻璃摔在地上的碎裂声。你的窗子一瞬打开了。我看见了你，愤懑指着窗说：“你再逼我，我就跳下去。”

从那天起，你的房间再也听不到琴音，就算敞开，也挂着萱草花的窗帘。于是我的每个傍晚，都在5点30分之后变成等待和失落。

转眼到了8月。接到大学录取通知的那天夜晚，你忽然拉开了窗帘，委顿地伏在窗台上。我远远看你，光洁的额头停着柔白月光。听说那个长发女孩，因为你妈妈的不依不饶休学了。你大概是在为她伤怀吧。那一刻，我们都有一点分离的落寞。我轻轻对着你的剪影挥了挥手。而你却忽然转回房间，弹起那首《安娜·波尔卡》，琴音轻柔流畅，却在月光里现出柔软的悲凉。

不知道还有谁可以把轻快的波尔卡弹得像你这样哀怨，而我也只能听着你为别人的忧伤给自己送行。

【再见黎信一】

再见到你，是在大一的开学典礼时，没想到我们会考在一起。真庆幸又可以看见你。你还喜欢穿深色衬衫，只是身材越发挺拔。你的一手好钢琴让你很快成了学校的名人，而平凡的我，成了你的仰慕者中，最暗淡的一个。于是，我只能在网上开了一个加密的博客，写一个女孩从前、现在、未来，爱你的寂寞。

同宿舍的小P，总是在我面前，眉飞色舞地提起你。说你有N种迷人的方式，弹肖邦的时候最帅。我却摇头对她说：“不对，是波尔卡。”是的，我总是忘不了那晚你在月光下的波尔卡。因为那是我记忆中唯一的，只属于我们的温柔片段。

大一的联谊会上，我偷偷演练了无数和你见面的方式。但那一晚，你却没时间看我的表演。小P不停约你跳舞。我坐在场边远远看着，看你推说不会，看她教你跳舞。你的脚，远不如手来的灵巧。你笨拙得像小P床头的铁皮娃娃。知道吗？我从小就学过国标，却始终没有勇气，像小P一样对你说，来，我教你跳。

回宿舍的路上，小P一瘸一拐地说起你，说你把她的脚背踩得生疼，疼得满脸幸福。而我微微地笑着，笑得满心疼痛。这一晚，我只和你说了两句话。

“你好，我是苏拉。”

“再见，黎信一。”

而你只是简单的点头，根本没有认出我。

【天堂电影院】

我和小P成了最好的朋友，就等于和你成了最好的朋友。有时，我会一个人去学校花园里喂流浪猫。有时，也会装作天真不懂的混迹你们其中。小P不介意，你便不介意。你向来视我如透明。你只有去路边买水的时候，才会想起我。你会买两杯奶茶，一杯“薰衣草”给我，另1杯“鸳鸯”和小P分享。说实话，我宁愿渴着，也不愿接下你手里的那1杯。

2007年的6月12日19点15分。

我永远不会记错的时间。我急匆匆地赶去电影院找你。你捧着品客圆桶和汽水，好看地靠在立柱上。我气喘吁吁地说：“你怎么不带电话呢？小P赶论文，不来了。”

你失望地看看手中的票子说：“那咱们一起看吧。”

你突如其来的提议，让我紧张得只会点头，而你却很自然地拉起我的手说：“快点，来不及了。”

我竭力让自己看来和平常无异，可是还是发懵的一头撞在玻璃门上。你一边笑着扶住我，一边小心地揉着我的额头。我在你温热的掌心下，变得满面绯红。你弯下腰，看我拼命低下的头，说：“没事吧？要不先坐一会儿？”

我轻轻摇头，没有说话，任你的鼻息吹乱我的头发。

整整一部电影，我都不知道在演什么，只是坐在黑暗中，悄悄侧头看你。你的眼睛在流转的光线里很美，像藏在叶子下乌亮的葡萄。我仿佛听见自己的心跳，和着电影配乐里的定音鼓，紧密地敲动我的耳膜。直到很久之后，我才重新看过这部叫《天堂电影院》的电影，而它在我的记忆中却一直是个天堂。

【川菜眼泪】

大二的秋天，晚上拉电后，我忘记了将小P放在桌子上的直板夹拔下插头。早晨通电半小时，烧了她的桌子和蚊帐。这个假期，你们原本约好去杭州，可是现在，你却和我陪在小P的病床旁。

你看着小P烧伤的脸，轻声安慰：“没事的，拆了纱布，你一定和从前一样漂亮。”

小P却转头不去看你，一言不发。

从医院回来的路上，你忽然问我，小P为什么不愿理你。我只能说：“黎信一，你太不了解女生了。如果她伤了腿，一定会向你发嗲，如果她伤了脸，一定不想让你看到。”

小P出院之后，再也没有回学校。她给你发来短信说：对不起，我走了。

而你好像很无所谓似的删了短信，拉我去学校门前的小店“开怀”大吃。你点了鱼香肉丝、辣子鸡丁、水煮肉片……这些都是小P最爱的川菜。你吃得大汗淋漓。你大概是想把眼泪混在汗水里流出去吧。可是你漂亮的眼睛骗不了我。 那天，我们在过街桥上，坐了整整一夜，看脚下偶尔穿过的夜班车。你喝了酒，在我的耳边絮絮说着你不多的情史，直到你靠着我的肩膀睡熟的一刻。我才轻轻地对你说：“我早就知道。”

【 猫儿时间】

我们的开始顺理成章。因为在你最落寞的时候，一直有我。朋友说：“傻瓜，你只是小P的替代品。”可是，我管不了那么多。我不能告诉她们，我等这一天已经很久了。

我终于成了你爱情片的女主角，你对我就像对小P一样殷勤温柔。阳光晴好的午后，你会很有耐心地陪我去校花园里喂流浪猫。

原以为那些猫儿会害怕，没想到它们都贪图美色，在你的裤角边暧昧的蹭来蹭去。我赌气地说：“白喂你们这么长时间，有异性没人性。”

你抬起头，望着我说：“原来你孤单这么久啦。”

你的目光像一块果料丰厚的蛋糕，加了怜惜和疼爱，被阳光烘烤得松软喷香。我想，你应该是真的喜欢我吧？面对一个“替代品”你该不会这样动情吧？如果现在问你爱我吗？你一定会给我一个肯定的答复吧。

可是，我始终不敢问出口。

【月光波尔卡】

寒假，我们坐着同列火车回家的时候，你才发现我们住得那样近。好吧，我原谅你的后知后觉，因为是我刻意隐瞒了这一段。你站在小区的门前说：“苏拉，明天是你生日吧？想要什么礼物？”

我很神秘地对你说：“记住晚上12点打开你卧室的窗子。”

你不甘心地捏着我的鼻子，“玩什么神秘啊？我一定先找到你想要什么。”

好吧，如果你愿意，那就去找吧。而我只想在轻柔的月光下，听你为我弹那首《安娜·波尔卡》。这一天真忙，家人都在等我。而我却一心等待着夜晚，等待你拉开印着萱草花的窗帘，推开窗。

夜里，一个人上网，找到很久没上的博客，想写你。可是网页弹出的一刻，我却看见了你的留言。原来你要找答案，找到了我加密的博客。破解那几个失败的密码，对于你这个理工高才易如反掌。

你说，你真可怕。

【 加密的秘密】

2006年6月18日，晴，我用Petty Pooh的背包，从你班长那里换回你大学的志愿……

2007年3月26日，晴，你和长发女孩一直躲在屋里。我偷偷给你妈妈打了电话……

2007年6月12日，有云，我撕了小P的论文，换来一场有你的电影……

2008年9月30日，阴，我把小P拔掉的直板夹插头，在夜里又悄悄插上……

2009年1月20日，晴，你闯进我的博客留言，你真可怕。

爱你可怕吗？还是爱你动了心机就是可怕。我写了那么多爱你的文字，为什么你只会看到这些散落在4年里的几行。

夜这样的深了，你却依然关着窗。我想，你不会打开了吧。我的阴谋让你死了心，让你把对我的温柔和约定，忘得干干净净。我只能坐在灌满寒风的窗口，给你发短信。

“对不起，信一，我不想看到天明。如果你不打开窗，我就从这里跳下去。”

“你以为我还会相信吗？”这是你对我说的最后一句话。

【公主的你，士兵的我】

还记得《天堂电影院》里士兵和公主的故事吗？那个答应等待公主100天的士兵，却在99天离开了。多多说，他找到了答案，如果在100天时，公主不承认她的约定，那么士兵将会伤心难过，绝望的死去，所以士兵选择在99天的夜晚离开。这样公主将会永远惦记着他。 可是，信一，你能告诉我，离开和死去还有什么区别吗？如果我是那个士兵，究竟是死去，还是离开，你会记得我吗？如果我告诉你，博客里那些让你觉得可怕的文字，只是一个胆怯又奢望爱情的女孩，写些聊以自慰的“毒计”，你会相信吗？

如果有一天，你愿意相信她，请你在有月光的夜晚推开窗，为她弹一曲《安娜·波尔卡》。

Shelter in chimney

爱哈无耳猪和{烟囱里的Hanpanda}

范7喜

替她爬个烟囱算什么？他愿意为她做更多的事。

胖子战战兢兢地爬上屋顶，小心翼翼地钻进去往下溜，然后被卡住了。

他实在太胖。但他说："爱哈无耳猪"——I have a dream，这是个关于爱的美梦。

【1】

胡舒阳的18岁很凌乱。父亲病逝两年后，母亲远嫁荷兰，把浦西的一栋祖业留下来作她生活的依靠。房子是一座三层洋楼，有很多空闲的房间。那时候她才读高二，她把描得花里胡哨的招租广告往路口那一堆阳痿肾亏的小广告中间一贴，就找到了心宽体胖的范八宝。

那一年，胖子考上了上海的大学，刚从福建某个富饶的小镇上出来。来的时候，他肥硕的屁屁后是一个蓝红条编织袋，吭哧吭哧地拖着。洋楼的大门下一共是五级高高的台阶，他就一共歇了五次。舒阳有些同情地看着他，随口问了句：要不要帮忙？范八宝脸上一喜，傻乎乎地说："你帮我搭把手就行。"女孩径直走过去，拉开编织袋一看，一袋子的书，厚的薄的新的旧的，花花绿绿的封面什么造型都有。

胖子范八宝住在洋楼最小的那个房间，因为房租很便宜。早上没课的时候，范八宝就对着窗外呼啸而过的泥头车，用蹩脚的发音背英文。胡舒阳在楼下听得直心烦，他把I have a dream念成"爱哈无耳猪"，下楼时啃肉包子把残屑掉在木地板上，还总是偷偷地用客厅里的电话打长途，说一惊一乍的闽北方言，简直就是土包子一个。

可是范八宝从学校下课回家时，会带一只已经融化的可爱多放在客厅的红木茶几上。洗衣服把柔顺剂当洗衣液，还顺带把羊毛裙子丢进洗衣机。和胡舒阳说话时，经常紧张得挠后脑勺。他老实本分，努力想展示自己憨厚的优点。

但总的来说，保持距离是绝对理智的做法。上海贵族胡舒阳，有丰厚的祖荫庇佑。好像她这个年纪的女孩都还在愁眉苦脸地应付家长，她却像是脱缰的小野马，想做什么就做什么。她很理智地选择鄙视那种对自己卑躬屈膝的男人。

于是她玩弄他。把他的房门钥匙孔用蜡堵住，然后看他惊惶失措地道歉，掏钱，换锁。把信箱里印着福建小镇邮戳的平信藏到客厅的壁炉里，几个礼拜后让他自己从炉灰里挖出来。有时候，她真觉得觉得自己简直是个人才，连邪恶起来都能这么变态。

其实她想告诉他：离我远一点儿，好吗？

【2】

2001年冬天，这个崇洋媚外的城市开始有了些许圣诞的气息。胡舒阳没有多少朋友，但她仍然决定要学着电视剧里的洋鬼子搞一个派对。其实十来岁的小女生聚会能有什么新鲜的事儿，无非是无限量的酒精和哈口刺鼻的烟草，音响里大声放Pantera的重金属。

平安夜那天，已是大二学生的范八宝从学校上完自习回来就撞上这一屋子的乌烟瘴气。回家的途中，有个带天使翅膀的比基尼辣妹在超市门口塞给他一盒糖果，他吓得连退几步，最终还是接了过来。

糖果用紫色的花纹纸包起来很漂亮。在他家乡每年春节都会有人很大方地派发红包，但从来没有人过圣诞节。他不懂这个节日有什么意义，但就是想把美好的东西带回家送给她。结果糖果塞在怀里还没拿出来，一个头发染成紫色的小姑娘就扑上来吐在他身上。等他上楼洗干净换好衣服后再出来，派对已经散场了。

胡舒阳人孤零零地坐在一片狼藉中，喝足了啤酒脸就涨得通红。她抓住胖子的衣服嘟嘟囔囔地撒酒疯，无理取闹，她让他讲格林童话，让他学贴在墙壁上的钟摆，让他用大舌头的粤语唱《海阔天空》，最后她要他钻进烟囱里找那条刻着父亲名字的项链。

5岁时她爬过一次烟囱，把父亲送给母亲的项链藏在了洞壁里。现在她记起了它的珍贵。

然后，范八宝想起了自己来这座城市的旅程。从福建出发跋山涉水，穿越976公里的路程。沿途没有一个人帮助他，亦没有谁和他聊天。中途转车时，自己的包不小心掉到了站台和火车之间的狭缝中，乘务员冷冷地看着，后面的人不耐烦地催他快上车。直到他遇见了胡舒阳，她清清瘦瘦地站在那儿问他：要不要帮忙？只一句话，已足够叫他感动很久。所以爬烟囱算什么？他愿意为她做更多的事。

上海的冬天没有下雪，胖子战战兢兢地爬上屋顶，望了望那条漆黑的烟道。他在老家时常猴子一样地爬树玩，这种崎岖不平的墙壁才难不倒他。

他小心翼翼地钻进去往下溜，然后被卡住了。他实在太胖。

范八宝在这座20世纪40年代修建的烟囱里卡了整整一个晚上，动弹不得。直到第二天胡舒阳同学从醉生梦死中清醒过来，才听见他微弱的呼救声。她手忙脚乱地打了120，后来想起医生没办法把他从烟囱里弄出来，她又打了119。

去医院的路上，胡舒阳一直在流泪。她想男孩怎么这么蠢呢，她叫他做什么就做什么。她对他那么邪恶，可他还是愿意听她的。

刚到医院，裤兜里的诺基亚就开始鬼叫了。母亲和她的荷兰夫婿回国度圣诞，就站在已经换过锁的房门外面。她望了望依然昏迷不醒的胖子，直到医生确认他已无大碍后才匆匆忙忙地赶回家开门。

胡舒阳不知道半小时后，当她被自己的外籍继父拥抱接纳时，已经醒来的胖子正衣冠不整地满医院乱窜，他不相信她没留在自己身边，他在找她。

【3】

2002年的春节后，来收拾范八宝行李的，是他福建的同乡，在上海工地做事，进屋就东张西望踩了一地的泥。

胡舒阳一声不吭地收拾好行李，那一大袋的书她根本提不动。福建老乡走过来，满口闽北普通话："太沉了，书也不要了，留给你吧。""不行。"女孩坚持，她知道胖子有多宝贝这些书。福建老乡轻轻扫了她一眼："你给我他也看不到了，八宝过年前就被他舅舅接去了台湾念书，他给我电话要我过来找找自己用得上的东西。"

这个骄傲的女生突然疯狂地想起胖子。

其实真去找过他，在安排好母亲的第二天，她打车去医院，在住院部找遍了外科内科骨科，差点儿就没往妇产科里钻。但她没找到他，护士说昨天那个胖子已被学校的同学接回宿舍了。她这才想起一起住了快两年，自己连人家读的什么专业都没搞清楚过。

胡舒阳想了想，在书房里翻出已经干掉的水粉，用矿泉水一点点调开，画了幅花里胡哨的招租广告。路口贴阳痿肾亏的地方已经换成了奥运宣传栏，她也没管直接往人家玻璃窗上一贴。结果真的有很多奇形怪状的胖子来应征，但都不像他。

她不知道自己想要什么，只是从来没有这么希望某一个人在网上看到自己的广告，然后就好像在那个夏天拖着巨大无比的袋子吭哧吭哧地爬进来。

胡舒阳彻底失去了那个曾经被卡在烟囱里的范八宝。在上海长住下来开公司的母亲见女儿整日郁郁不欢，就送给她一只被养得很胖的蝴蝶窜窜，真的是很肥的狗狗，整日都围在自己脚边打转，踢都踢不开。她给狗狗取名叫范七喜。她拿块骨头喊："范七喜，爬爬。"狗狗就开始往烟囱里扑。"范七喜恭喜发财。"狗狗就两脚直立疯狂地向她作揖。

狗狗能听懂很多话，也做很多事，唯独看不懂她的眼泪，也听不懂那句，死胖子你去哪里了。

【4】

2004年，舒阳高考失利后去了日本念书。她在日本呆了4年。借住在一户小康的家庭中，他们对她很友好。尽管刚开始她的日语很蹩脚，而且时常不脱鞋就踩进屋子，还把人家的和服当浴袍来穿。

于是她就常常想起那个闯进自己青春期的胖子，他22岁时为一个19岁的女生钻进烟囱，被卡了一整夜。后来女孩终于明白了这就叫喜欢，但他已告别了自己的人生，下落不明。

奥运期间，刚好是舒阳签证到期回国。浦东国际机场，几乎每一个入境的游客都被严格地检查了携带品。负责安检的保安挨个打开女孩带回来的瓶瓶罐罐，无非是那些昂贵的化妆水、眼霜、精华露。然后他拿出藏在包底的两只神奇的布偶，布偶的造型一半是黑白熊猫一半灰色的兔子。安检完，一转身手里的Hanpanda就撞上别人的肚子。

旁边的游客都被这只动物给逗笑了。她跟人家道歉，又介绍这是日本流行的Hanpanda，半只熊猫和其他动物组合在一起就是这个产品的特色。因在那里待的时间太长，几乎是半中文半日语地说得磕磕巴巴。

突然听见有人小声骂了句：小鬼子。转过头，一个穿粉红色T恤的胖子正吭哧吭哧拖着旅行袋向外走。心里一紧，那背影似曾相识。胡舒阳提着行李想要追过去问，结果被身后的安检人员叫住，她漏掉了一瓶面霜。

再回头，人已经不见了。只剩巨大的落地窗外正哗哗地落雨。

【5】

2008年盛夏的范八宝的生活是充满希望的，硕士毕业后回国接到上海一家外资银行的聘用通知。虽然工作辛苦，但是丰厚的薪水让他看到了希望。

到上海报到那天，范八宝想起了第一次来上海的情景。那天在学校报到时有人嘲笑了他肥胖的身材，自尊心超强的他决定出来找房子住。拖着包走了很久，然后遇见了那个踮着脚，张贴招租广告的清瘦女生。

他曾经那么喜欢她而且依然会想念，尽管也许再也无法相见。

范八宝拖着旅行袋步出机场，没走几步就听见身后有人群在吃吃发笑。回头望去，一个女人手拎着一只神奇的布偶，跟人家用中文掺杂着日语说话。在台湾读书时，身为愤青的范八宝就没少受那些亲日系女生的气。所以他愤愤不平地嘟囔了一声：小鬼子。然后走开了。

机场落地窗外是哗哗的暴雨，似乎就要淹没全世界。

Offshore island

Offshore island
Offshore island

紫堇轩 {离岛}

爱恋是个高明又懂得感恩的贼，盗走你身上若干年的习性，而汇报给你的是不觉渗透和沾染的对方的气息。

【荔湾区上演一出“引狼入室”】

2007年7月的午后，太阳威力十足，姚施施站在广州荔湾区人流最庞杂的地带，身上的衣服湿透浃背，感觉就像贴在劈开的西瓜上的保鲜膜。

她的工作是流动作业，给人设计签名，一个字一块钱。因此她对那些比如司马啊欧阳啊的复姓非常热爱。

顾客里面更多的是白皮肤或者黑皮肤的鬼佬。他们用让姚施施一头雾水的语言嗷嗷说着话。

后来她便遇见了林慕楠。他走上来时，姚施施问他，刚才那个蓝眼睛的大叔说的什么意思？他就停下脚步来抓抓头发：“呃，听得不大完整吧，大概就是感叹说想不到中国的方块字也可以写出像英文单词一样龙飞凤舞的味道。”

本来她为了表达感激之情，是想当场送他一个签名的，可突然想到，他的名字笔画这么多，要多坑一笔才是啊。但林慕楠下一秒从左胸口的口袋里抽出一个工作证：“您好，我是城管队010号队员，请您，迅速撤离。”

【火焰山和冰岛】

19岁的姚施施生意特别好的时候，每天都会写上数百个百家姓和五花八门的名字。然而就在那天，拙劣地使了惯用伎俩的女孩，却记住了24岁的林慕楠这个名字，连同他在阳光底下穿着蓝T恤笑容无暇的样子，都一笔一画地雕刻进心里去。

再次在另一个街口被他撞见的时候，姚施施拍了拍脑袋，又是你啊瘟神……不不不，大哥，你怎么每次都穿便衣来忽悠人啊。这样好不好，我请你去……下馆子啊！

一边暗自在心里埋怨着入不敷出啊，一边还假装热情地拽着他进了上岛。

“喂，你怎么能一口气喝那么多的水，跟个大水壶似的！”被林慕楠这么问的时候，姚施施差点被呛到，口里的水喷到他脸上，只好为自己的失礼道歉，然后狼狈地跑到洗手间，关紧了门伏在洗手盆前，一粒粒眼泪汹涌澎湃。

她想他永远也不会知道，繁华热闹的广州城，依然有许许多多的下层民众，如她姚施施一样过得这样苦。

她的职业，若要用点光鲜的缘故来装潢，那便是张爱玲曾说：中国的文字有颜色、有声音、有美感、有感情。她给人设计签名起码可以美其名曰从事艺术生涯嘛。

可是若俗气真实一点儿呢，那便是生存之道情非得以了。她后来带他去过自己租的房子。一推开门，就看得到床和长条沙发的小房子。当初她选了最受冷落的6楼，是因为租价低了一半。

和她共患难的奶茶妹说，你这儿呀，夏天就是火焰山，冬天就是冰岛。

【大胃王的御厨】

林慕楠下岗了。原因是城管队大量裁员，他是家世清白，最没有靠山的一个，结果花名册上自然删去了他的名字。

姚施施想起《赤壁》这部电影里有句台词，于是自嘲：一个失败的人和一个失意的人走在一起，说的是不是就是我们？

人闲长指甲，心闲长头发。为了不让自己修炼成长发飘飘的黑山老妖，林慕楠从购书中心和网上淘来了许多制作美食的杂志和烹饪的技巧，其中《贝太厨房》买得最多。他立志要当一个食神，还在一个美食论坛混得风生水起。甚至有编辑发站内消息跟他要电话，商议给他开美食专栏的事情。

自此姚施施受到了优待，因为他总能折腾出一些妖娆的食品出来，绿色食品，低卡路里，低糖。她有时候会想，想抓住男人的心，先要抓住他的胃这句话，是不是反过来也同样适用？那么能够将每道菜都鼓捣得如此精良的人，与姹紫嫣红的女孩子周旋起来也一定左右逢源吧！

两人在一起的时候，斗嘴是多于和平的。比如林慕楠穿着围裙在小厨房叮哐叮哐的时候，拖地的姚施施会突然发现死耗子似的，指着他的球鞋高分贝尖叫："大男人还穿红袜子，脑袋让驴踢了吧？"

"切，本命年！你不让啊？！"

……

【5年分水岭】

2008年的暮春，不苟言笑的姚施施开始注重把自己打扮得花枝招展。林慕楠总会在每次出门后偶遇她的时候乐呵呵地搭上一句："大水壶，穿那么喜庆赶去相亲呀？！"

连奶茶妹也用半生不熟的粤语揶揄她："施施啊，你最近妖孽了许多哟！在拍拖吧，啧啧，身材越看越像大S！你要是大学毕业的话，好姐妹一定为你挑精拣肥的。但你也知道咱这种条件。如果真的看到合适的话，就带他到我这儿来喝奶茶啊，跟我要香草味的！记住了？"

姚施施瞪她："你才像大S哩，你全家都像大S！"彼时是2007年6月。姚施施一直喜欢的大S和仔仔维系了2年5个月的恋情在那天划上句点。姚施施想，这个损友，消息闭塞极了，平日里好的不灵坏的灵，说这话不摆明了诅咒她嘛！

虽然，她拥有的，或许只是一厢情愿的单相思。

林慕楠觉得自己变得小肚鸡肠，真该死，为什么一看到姚施施和那个挎包少年在一起就心里非常不舒服？他和她坐在背阴的地方，他捧着一本书或者图纸，她的手指落在上面比比划划，有时候亲密地拍几下他的肩膀。满树的泡桐簌簌落下，他们明亮的笑容却结成他心房一枚阴郁的痂。

他听姚施施在饭桌上提起过，她结识了一个18岁的男孩子。他积极向上，交谈间能让她感觉手心溢满力量。林慕楠落寞地转身穿越清冷的小街，他突然就想通了，两人如此青春美好的年纪，似乎和他站在不同的分水岭上呢。他和她之间，有着整整5年的距离。这一道泾渭分明的刺，横生在他敏锐的神经末梢上。

【它还有个名字叫离岛】

去香港是林慕楠已经酝酿了很久的主意，因为老同学帮他谋到了一份不错的职业。只是有种牵念，让他的脚步始终停留。2008年的盛夏，他给姚施施留了一条信息便打的前往白云机场的方向。

姚施施睡得很死，醒来看到信息已经是一个半钟头过后，她换下睡衣便急急忙忙跑去搭电梯。电梯还在往她住的6楼上升，只能冲下楼梯再过去。当她赶到机场，累得快要虚脱的时候，去往大屿山的航班已经起飞。

归家时为了省钱，姚施施决定转3路环城公交车回去，却在最后一趟的时候发现自己的腰包不翼而飞。传说羊城警察办事英明神速，然而姚施施并没有心思报警。她知道，自己被偷的不仅仅只是Hello Kitty的钱包，还有一颗期待恋爱的心。她还来不及带他，去喝一杯香草奶茶。

林慕楠简讯里说，"大水壶，以后我不能给你剔鱼刺了啊。大水壶，我要去的地方，是鸟雀多过人、蝴蝶多过车的大屿山，它有个很好的修饰——香港最大的离岛。”

离岛，载满离人的一座岛。

【爱恋是个高明的贼】

其实那个经常约会的18岁男孩子，是来自本地一所高中的学生，当初不敢拿着那张不及格的卷子回家交差，于是央求姚施施顺应灭绝师太班主任的要求给他签个名。他说，我爸的名字就写得这么龙飞凤舞的。他还说，施施姐，如果这次保住我的屁股不吃竹板鱼，那下次我就拿及格的分数给你看，再下次……

所以，高二便辍了学的姚施施，看到男生的卷面上的第一位数字从4到6，再到7、8……仿佛自己年少未完成的梦想正一步步接近花期，最后烈放如敖。

那么自然地，姚施施联想起街头上其他围上来让她设计艺术签名的顾客。那里面，几乎每个人都抱着终有一日飞黄腾达的成名梦想，唯独没有一个，像当年的林慕楠，满眼疼惜地拿执业证赶走她。他真是最最不敬业的一个。

后来的她总想起从前的他。就算未曾开口告诉他，他是她心底一条最深的河床。他一定不知道，海鲜过敏的女孩姚施施大快朵颐他的虾粥时隐忍的难受，也不会知道，她从最初谈辣色变成后来的无辣不欢。爱恋是个高明又懂得感恩的贼，盗走你身上一些若干年的习性，而汇报你的是不觉渗透和沾染的对方的气息。

于是，如果姚施施愿意再继续细究下去，便也能推断出，24岁的林慕楠被迫丢掉铁饭碗的真正原因是，没有和其他凶神恶煞的同事一样拿着电棍对流动摊贩搜刮民脂民膏，把手中的罚款单变为聚敛财气的法宝。所以，这个年轻人上岗下岗的前后期限不过3个月。

他对上姚施施那双桃花眼时，就知道她是他此生最大的劫。

【一片冰心在玉壶】

这场恋爱里，谁是第一个倒下的人，都已经无从追究，亦不再重要。

因为故事里的男女在后来都相信，每一朵蒲公英都有自己的春天，每一支水壶都有懂得欣赏的白马王子出现。

2008年末，香港一家电视台举办烹饪大赛，姚施施转换到那个频道的时候，刚好看到领奖台上的大赛冠军白衣胜雪的模样。彼时姚施施已经放弃她的艺术生涯，在一家规模不大但运营稳定的公司当秘书。

他依然带着那顶小厨帽，笑的时候鼻子皱皱的。姚施施看着看着，便哭出眼泪来。

获奖的那道菜有个很诗意的名字，叫一片冰心在玉壶。

New Delhi waiting

{新德里}等待北纬28度的一个轮回

佩灵

喜欢，有时候只是为对方身上的某个闪光点所感动；有时候只是想方设法要多看她一眼。只要那一眼的温暖，他的全世界就会为她而停止。

【A】

东经77度，北纬28度是巴斯22岁时生活的位置。

那年他每周固定要做的事有很多。到自家的农场看看新栽培的庄稼，驱车去新德里大学读计算机信息研究课程，还有就是去城东那一家口腔诊所看病。诊所就开在亚穆纳河的一侧，挤在一群破败的楼宇中间，狭小简陋，不时散发出刺鼻的消毒药水味。这样的诊所，大多是为城东农庄的工人所准备，收费廉价处理一些小痛小病。

这里环境可疑，但巴斯可以心安理得地躺在椅子上观察那个穿淡蓝色大褂的中国女医生。和那些浓眉大眼的印度女孩不一样，她笑起来的时候，原本就精致细长的眼睛会眯成一条缝，透着流光溢彩的温暖。大约是印度语说得不够熟练，很少说话，显得很是宁静。

新德里城东的郊区，常年穿梭着各式各样的动物，印着字母的奶牛，被结扎过的野狗还有屁股上贴反光标签的大象。在城中生活的印度女孩是很介意这种环境的，她们要么打车，要么干脆就不来这一区。

第一次，他只是去父亲农庄的时候路过了这里。女医生站在门口穿着淡蓝色的长大褂，提一大袋香蕉分食给在门前寻食的大象，面目柔和。他好惊讶，她居然不害怕这种被印度政府宠溺到无法无天的动物。于是他就托农庄里的工人打听她的情况。得到的答案却很是模糊，只知道她叫梁庭雨，是中国来的学生。因为还在去等附近医学院读研究生的录取通知，她就待在姨妈的诊所里帮帮手。

他想了想，自己右边那颗智齿没有完全长出来，隐隐发疼。于是他走进她的诊所，她只看了一眼就建议他拔掉那颗毫无用处的牙齿。但他拒绝了。冠周炎是无法完全治愈的，巴斯要的就是她一次又一次帮自己做消炎治疗。

喜欢，有时候只是为对方身上的某个闪光点所感动；有时候只是想方设法要多看她一眼。

【B】

7月开始，新德里进入了绵连的雨季。雨水好像是眼泪，说来就来。

来城东，巴斯是不可以开父亲那辆日产丰田的。在贫民区太过招摇，随便往哪一停，笃定会被人划花。

但他还是坚持复诊，坐着摇摇晃晃的巴士从恒河平原一路颠簸而来。车窗外，前一秒还是艳阳高照，下一秒就哗啦啦落下暴雨。所以他在黑色的笔记本包里始终带着一把伞，被挤得鼓鼓囊囊的抱在怀里。

那日，他刚落车就遇见了走在前面的女医生，迎着细雨往前晃悠裹着粉红色的纱丽，在风中显得比印度女孩更单薄。他赶紧撑开伞上前几步追了过去。她见到他有些诧异，在黑色的伞下用半生不熟的印度语和他交流。他听懂了，她说：你的智齿暂时不发炎了，可以不用再复诊。可他宁愿装听不明白，一头雾水的模样看着她。

于是他俩小心翼翼地避开路面上的牛粪和碎石走回诊所。男生大半个身子都淋湿了，他接过她递来的毛巾时手在微微轻颤，又生怕被她发觉自己的紧张，就装模作样地轻声咳嗽。

回去的时候，他就带着她开的感冒药和电话号码。感冒药是她坚持塞进他手里的，而电话号码却是诊所的固定电话。她刚来新德里不久，没有什么认识的人也不需要手机。

自然是不能再去复诊，但电话是免不了的。每次他都战战兢兢地打过去听她蹩脚的印度语发音，诊所生意清淡时，就大段大段地用英语聊天。

于是他知道她是四分之一印度和四分之三中国的混血儿。她的印度语和英语都是跟住在加尔各答的外婆学的。她在中国读的口腔医学，然后来印度考研究生。她适应不了亚热带的潮湿，也适应不了充斥在新德里每个角落的烂糊糊的咖喱。每次去吃饭，都分不清楚被淋上黄色咖喱的到底是萝卜还是土豆。

他听得莫名其妙地心疼，决定要做中国菜给她吃。

菜谱是从网上下载的花生莲藕焖排骨。然后上易趣网买了中国调料。印度的调料都是现成的粉末，他买回家只需要分辨不同颜色。而中国的食材还有各种形状，还那么复杂。

这个22年来没做过一次饭的男生，偷偷在厨房里反复试验了一个通宵，总算能够见人了。等他兴致勃勃地提着菜去找她，她正忙得不可开交，一边看病一边点头示意他把饭盒留下。橘黄色的探照灯光里她只露出一双熠熠的双眼，一边看病，一边偷偷地瞟坐在一边的巴斯，眼神有百转千肠的温暖。

但是只是一眼的温暖就够了，他的全世界都愿为她而停止。你看，他的感觉没有错。她，也应是喜欢他的。

【C】

2003年的秋天，她研究生考试前，他带她去了城东北角的红堡散心。在砂岩砌成的朱红墙下牵手漫步，抚摸用大理石雕刻的窗棂，他请她吃手抓饭和加巴地饼，企图混进身形高大的欧洲游客中免去门票。

回去的时候，已是日暮。他延着恒河支流的河堤开着车，CD机里放的是中国的周杰伦手的歌曲。唱片是特地从朋友那里抢来的，里面的男生在口齿不清地哼着《双截棍》。他听不懂，但是也很亢奋，一不小心就撞上了一头横在马路中央睡觉的奶牛。

醒来的时候，人正躺在担架上被抬上救护车，警车和救护车的红绿灯在夜黑里闪烁，四周一片嘈杂，令人眩晕。他别过头想去寻找她，却发现自己的脖子已经被固定住了。

他撞断了双腿，接下来的日子，就被转到新德里北区的私人医院休养，和中国女生的绯闻让整个家族为之震怒。好在每日照顾自己的，是从小就陪伴在身边的保姆，平日里总能听说一些事。他听说她住在东区的公立医院，只是受了轻伤。听说她错过了研究生考试，还参加了动物保护组织给新德里的上万只野狗做结扎手术的行动。

他那么想念她，每天都很努力地做物理恢复，却始终得不到她的探望，心里便渐渐薄凉起来。

倒是住在新德里城北的表妹每隔两三日都来看他，带自己的PSP和IBM给他玩，每次逗留就是一整天。

他看得出来表妹对自己的喜欢，自己也想要以新情换旧伤。

巴斯出院那天，就在恒河平原的别墅，由母亲宣布了自己和表妹订婚的消息。

后来他也有杵着拐杖去寻她，亚穆纳河旁的诊所里早已换成一名年长的男医生，而她却下落不明。

半年后巴斯大学毕业，进入一家著名的IT企业做测试工程师。他很快举行了婚礼，穿繁琐的礼服，被一大群僧侣众星捧月一般围绕在中间，唱了大半天的祈福歌。

他面不改色地坐在那里，脑海总想起最后望她的那一眼。她坐在副驾驶位上，随着音乐和他一起摇头晃脑，春风得意的模样。当时的情形，已在脑海中模糊成一道光影，点亮了他的过往。

【D】

2004年5月，梁庭雨在中国深圳，行医资格证和毕业证书都被压进了行李箱，托朋友找了一份网站助理编辑的工作，每天对着电脑重新学习简单的HTML代码。她工作诚恳努力，脑子也很灵活。从助理编辑到编辑，从编辑到策划，从策划到总监。

她只用了4年时间，和周围的人斗心计、斗情商，一路扶摇直上。

只是同一团队的人偶尔需要将就她的工作速度。人家用两只手工作，而她这个左撇子几乎不怎么使用右手。

那年她偷偷去防范森严的私立医院看他，躲过绿色制服的保安和护士。刚走到门口就看到玻璃窗内，男子正和一名浓眉大眼的女子共用一台MP3。他的面目在鸟语花香的阳光下祥和而快乐，看不出有半分思念的煎熬。

她胆怯了，还没来得及闯进去就被门外的保安发现了。他们问她要探望证，她没有，于是就被赶了出去。她好伤心，回去就加入了动物保护协会，为新德里的野狗做结扎手术，心神恍惚，割到了手腕。

一周后，女医生回诊所，右手渐渐开始拿不稳任何东西。这对一个靠精确为生的牙医是致命的一击。医生说她是慢性神经炎，起因当然是因为那次车祸。她好不甘心，最后一次尝试为病人打开牙齿的髓腔，结果右手突然痉挛，钻到了人家的舌头。

然后她知道，自己注定将会有另外一种人生。

冬天，深圳天气诡异地忽冷忽热。

梁庭雨背着笔记本赶回公司，低着头挤进电梯，旁边是几个皮肤黝黑的印度人。金融风暴开始后，集团开始不断精简人员。

她回过头想给对方一个官方的微笑，对上的，却是一张4年后的面容。

4年间，她每日上班都画小烟熏，失去了做牙医时那种老实本分的气质，面目就变得那么生动。他耳朵里带着MP3，隐约能听出来是周杰伦的《牛仔很忙》。

他没有认出她，用标准的普通话说：借过。就走了出去，挥袖间留下淡淡的古龙水味。

隔日，她托人调来他的临时档案，黑纸白字的写着婚姻状况是离异，而且他会在深圳工作一年。

2008年冬天，梁庭雨第一次感受到自己的人生仿佛是重新被开启过。她就像一只坚毅而沉着的鸟，收拢翅膀匍匐在他身边。

等待，他的发现。

Long time
Long time

好久不见{徐家树}

苏伊一

我坐在出租车上问你："徐家树，我可以爱你吗？"你勾住我的手指，对我笑着说："求之不得。"

【1】

没有想到在3年之后，我又重新遇到你。

我们也不是很熟，你只是我最好的朋友丽珍的旧男友。高中时你们在一起，所有人都当你们是模范情侣。那时候丽珍最喜欢在上课时传纸条告诉我你们之间的种种。我一直怀疑你们是一见钟情，你们都一样的好看，一样的优秀。这多让人羡慕。可是3个月后你就不老实了，你对你班上的一名女生献殷勤，帮她抄笔记，给她买零食，偶尔送她回家，所有人都看出你对她有意思，你也并不解释。我不知道你对丽珍施了什么魔法让她做到一点儿都不在乎。你们在一起相亲相爱或者假装相亲相爱了一年，后来的高一寒假的一个雪天，你跟丽珍说分手。她什么都没做。我却忍不住跳起来打了你一耳光，冲着你喊："徐家树，你以为你有什么了不起吗？丽珍没有说分手你反倒来说。我告诉你，其实她什么都知道！她不想跟你吵，因为她知道你们一吵就玩完了，你们再也不能好了……"

说着说着我哭了。你捂着脸，吃惊地看着我，那眼神似乎有无限委屈。丽珍跑过来抱着我肩膀，然后拖着我朝外走。我承认那一天我喝醉了，我酒量一直不怎么好。可是我在乎丽珍比什么都多。我不怕丢人，更不怕跟你吵架。我只希望，丽珍能一直快乐下去。

暑假过后你就走了，你给丽珍写过信，解释说分手是因为你全家迁移原籍。丽珍没有给你回信，你也并未再与丽珍联系过。我和丽珍的高中生涯平平稳稳，没有谁再提到过徐家树这个名字。

高中毕业后丽珍远赴加拿大。我到南昌来读大学。这个城市有很多的湖。我喜欢在学校后面的湖边散步，然后有一天我就遇到了你。你穿着厚厚的大衣，围着围巾，在清晨布满大雾的湖边朝我走过来，对我说："好久不见，你还好吗？"

这8个字让我心惊，徐家树，你怎么就能做到像一点事都没发生的样子？

【2】

我与丽珍依然保持着联系，晚上在MSN上遇到她。她刚刚起床，坐在电脑前边喝牛奶边说："下雪了呢，你那里呢？"

江南潮湿，冬天阴冷，气温却持续徘徊，所以没有雪。我跟她讲早晨在湖边散步，却没有讲到你。我想，她既然能3年都不提你，那么她也许是将你忘了吧。

是的，3年。我在南昌已经念完了大一，大二也念了一半，却突然遭遇你。你的学校离我的学校不远，坐车只要10分钟，走路也超不过半小时。作为一个冷门学科的大三学生，你当然有空常常朝我这里跑。你提着零食在我的寝室楼下大喊我的名字，或者你约我去钓鱼，再或者大清早从你的学校跑步到我的学校，让我陪你一起吃早点。

你拿出了当年你俘获丽珍的那一套，但我不吃，我偏要跟你对着干。你早晨来的时候我假装在睡觉，你约我钓鱼，我说我胃疼。你渐渐没招，只好一直在湖边晃荡，看见我就跑过来说好巧。

真的是好巧，我遇到你够巧，遇到陈子然也很巧。我们同年同月同日生，同是北方人，同样爱吃辣，同时在导师的课上迟到。

我俩迟到了，坐最后一排，一张桌子两个人。他斜睨我的小说书，惊讶地说："哎呀你也喜欢川端康成！"

川端康成最美的小说是《水镜》，残疾的丈夫在二楼拿着一面镜子照菜园里锄草的妻子，陈子然在导师的课上拿镜子照我的脸。

这个男生用这种方式取悦我，我便接受了。我们一起去湖边散步，“很巧”地遇到你，你冲我笑笑，便走了。

从此，我们就没有再“很巧”地遇到过了。

【3】

我跟丽珍讲陈子然的点滴，就像当年她讲你们。丽珍说：“青宁，不知为何，我觉得你不喜欢他。起码，他不是你喜欢的类型。”

那么我喜欢什么型的男生呢？

丽珍说，要高大，要有一双亮亮的眼睛，要英俊，要对你温柔至上，照顾至真。

我笑，哈哈，她以为我还是沉迷于言情小说的那个小女孩？

是的，3年前我沉迷于言情小说，看亦舒，总觉得你像宋家明，那个对喜宝动过情的男人，小心翼翼，诚惶诚恐地克制着自己。

就像你，徐家树，我一直觉得他像你。《喜宝》被我翻来覆去地看，怎么看，你都是宋家明。

当然，宋家明最后没有跟喜宝在一起，所以，你与丽珍也分开了。

而我呢？我是哪个角色呢？我想了半天也想不出。如我这般平常少女，是不会出现在那样的小说里的。

年少时我或许幻想过惊心动魄的爱情，然而现在我不再无知。我渴望自己平淡一些，拥有一份长流细水，能和一个男人相伴到老，所以我选择陈子然。他有诸多缺点，也有让我喜欢的优点。他很可爱，不是吗？

可爱的他被我喜欢着，也被别人喜欢着。我看到他和别的女生接吻，也很巧。他怀抱着那个长发女生，把她的手塞进自己的口袋。我莞尔，转身离开。

我没想过会这么快，才3个月而已。就像当初你和丽珍，可是丽珍能接受你的所作所为，我却忍受不了。我只是平常女生，小心眼，爱吃醋，喜欢一个人，一直不说。

【4】

也怪了，我一失恋，你又冒出来了。我怀疑你派私家侦探跟踪我，又觉得不太可能。我们重归于好，甚至更好。寒假你带我去景德镇，在火车上我靠着你的肩膀睡着了。你把外套脱下来给我披上，我的梦里是春天。

旅游旺期，我们走遍大街小巷，唯一一间有旅店的房子是双人床。你冲我无奈地笑，服务员大笔一挥：“好啦都不小啦，别害羞！”说着扔给我们一张单子。

那天晚上，我没敢睡，你却睡得很香。我躺在床上看窗外清冷的月光，一个人裹着大大的厚厚的被子。你说为了安全，执意穿着衣服睡，把被子给我。半夜我感觉到你冷得发抖，握了握你的手，你没有醒。摸摸你的额头，好烫。

你发烧了，我到处找药。我用毛巾浸了凉水敷在你头上，服务员说应该敷热水。我便又买了一条毛巾浸了开水放在你头上。我手忙脚乱、慌慌张张，看起来就像个傻子。等到你终于醒了的时候我却又开始发烧了，我硬撑着对你说：“你看，真的好巧。”

你扶我躺在床上，替我盖上被子，替我把粘在额头上的刘海拨开。你看着我，心疼地说了句：“傻丫头。”

喜宝在梦中感觉到宋家明吻了她的脸。梦里我是喜宝，有人吻了我的脸，我抓住他的手，他问：“我是谁？”

我说：“徐家树。”

【5】

从景德镇回来，我用一个瓷杯喝茶，丽珍突然问我：“哎，你和徐家树怎么样了？”

我愣住，这个表情通过视频准确无误地传进丽珍的眼睛，丽珍笑了起来，她说：“好了，你别瞒我了，徐家树早就告诉我一切了。”

原来，原来你和丽珍还有联系。你和丽珍联系了一年，已经成了无话不说的朋友。丽珍出卖我，告诉你我的行踪，于是你在湖边守了3天，终于看到我的身影。

春天要来的时候我约你去踏青，我们在湖边来来回回地走，一路说着无聊的话。后来我们都不再说话，天渐渐黑了，你送我到公交车站。在站牌前你犹豫着，看着我，终于抱住了我。

你在我的耳边轻轻地说：“青宁，其实我……”

又很巧地，你的手机响了起来，你郁闷地看了我一眼，跑到一边接电话。过了会儿，你走过来说：“不能送你回去了，我朋友住院了，很急。”

我看着你快步地跑向一辆出租车，身影和当年一样英俊。我笑了笑，张开嘴巴大叫：“喂！徐家树！”

你转过头看我，我说：“我跟你一起去。”

3年前我打了你一个耳光。你捂着脸又悲伤又委屈地看着我，你的眼里，还有别的情绪，那时我分辨不清，想了好久才知道那是震动。你受到了巨大的震动，在我被丽珍拉走前你问我：“路青宁，你很在乎朋友吗？”

我说“当然”，你说你也是。你又问我：“如果友情和爱情都需要你，你选择什么？”我说：“当然是友情！”你就说，你也是。

那天我回家之后接到了你的电话，你说那个女生其实只是你的好朋友，她双亲遇难，很痛苦，所以我才特别地照顾她。我哼哼说：“你别跟我说这些，反正你都要走了，我才不会去讲给丽珍听。”

你说：“我是解释给你听的。”

3年之后我坐在出租车上问你：“徐家树，我可以爱你吗？”

你勾住我的手指，对我笑着说：“求之不得。”

你突然地抱住我，就像3年前，你离开时的那个春天。

小麦的门铃只按3次

如果重逢必须出现一只鹅

穷人也有美丽的萍水相逢

穷人也有美丽的邂逅

是谁太勇敢，说喜欢别离

{如果爱} 请深爱

如果你看透我在墙上的涂鸦

Enjoy a vagabond life

是谁太勇敢，{说喜欢别离}

麦兜兜

美人没有爱人，是多么让人心疼的事。

【他们是这样的两个陌生人】

都是从一帮同学、朋友之间开始熟悉起来的。

林景明穿淡色的格子衬衫，夹着香烟敲击键盘，眯着眼，很陶醉，也很寂寞的样子。联机玩一局星际争霸，大家都不大会。林景明抽一口烟，笑，你们都是小屁孩啊，和我们“70后”有代沟了。

其实他也不过是1979年的。和“80后”一年之隔。但确实，星际争霸在“80后”中是不流行的了。

于是他将机子让出来，让其他人魔兽。自己到了阳台看星星。李苏西跟了出去，胖子在后面喊，你像个哈巴狗似的钻来钻去干吗呀。苏西回他一声去死，和林景明并排站在阳台上。

她说，给我一支烟。

林景明什么都没问，替她点上。在这个过程中，他们将各自的身体转了360度，一起隔着玻璃门朝里看。里面摆了10台电脑，其实是胖子的工作室。胖子不工作，或者说，他的工作就是在家打游戏，卖装备。李苏西不大懂这个。她问过胖子，你靠在游戏中打装备为生？胖子说，也不能这么辛苦地理解我，我是个装备倒爷。

李苏西问林景明，你懂不懂？你是干什么的？

林景明笑，我也不懂，我是个上班族，编程序的。

李苏西哦一声。

那天晚上的聚会很成功，到最后大家都喝得七七八八，每个人都交换了电话号码。林景明开一辆本田摩托，要送李苏西回学校。大家站在胖子家楼下，胖子得瑟地说，景明兄，你可别把我媳妇拐走了。

李苏西哀号着，拜托，我一点儿也不喜欢胖子。

大家很大声地笑。初夏的风，从苏西的头顶，眉梢，脖子，双手，一一掠过。借着酒兴，她在黑夜中的摩托车上哇哇大叫。

她说，我好高兴啊。她又说，我好高兴认识你啊林景明。她接着说，有空来陪我抽烟啊，我喜欢你的红双喜。

林景明像一只豹子跨在摩托车上，沉默，凌厉，吸引。

李苏西回去以后，在日历牌上划了一个红色圆圈。2007年5月14日。还有一个多月便毕业了。但只有今晚，李苏西突然有了一点恋爱的朦胧感觉。

她是个很晚熟的孩子，循规蹈矩，按时上课，有跳级的资质，却按顺序读到了大学毕业。家里想让她继续读研，她拿到了一家比公务员待遇还要好的世界500强的offer，便也这样就算了。她唯一有点叛逆的就是偶尔会抽一两支烟，在晚上的时候，对着银灰色的夜空，想一些不着边际的事情。

哪个少女没点寂寞情怀。

【心的绒毛与影子的哀伤】

一个月以后，李苏西在一片迷惘中毕业了，到公司总部报道。从公司出来，胖子万丈豪情地给她打电话：我在林景明公司楼下的刘家香酸菜鱼，你来不来？

胖子还是这么不成熟，大大咧咧，不如那个始终微笑淡漠的林景明。李苏西煞有介事地分析一番，仿佛自己可以随意挑选哪个和自己谈恋爱一般。分析的结果是：和胖子谈恋爱，自己一笑一颦都会被掌握；而与林景明谈恋爱，则换她去掌握一笑一颦。

应该和胖子好，但年轻漂亮的女孩子总是爱冒险。

公司规定，总部的每个新员工，都有一年的基层锻炼期，苏西被分配到县里一个小镇上，公司在那里有一个制造厂。厂办办公室一共才5个人，还得每天有人值夜班，因为生产是24小时不歇的。李苏西经常被半夜里的电话惊扰得诚惶诚恐。她有些自我解嘲地想，从循规蹈矩到诚惶诚恐，也算是一种进步吧。

有一天夜里，李苏西值班的时候，在操场的篮球架下，发现了一个哭泣的男孩子，精瘦，有一双乌黑的大眼。在明亮的办公室里，同事老张掀开他的衣服，身上一道一道伤痕，像是无言的指责，一个经历家庭暴力的孩子。

苏西的眼泪刷一下掉下来，别过脸去。报警，等事情处理完毕，已经是夜里两点了。她忽然想给林景明发个消息。她琢磨半天，终于艰难地打出一行字：婚姻不幸的最大受害者是孩子吧，我今天看到一个被后妈打得很伤的孩子，心里很难过。

过了一会儿，电话响起来，林景明问她：你在哪里？

她报了方位。他果断地说，等我一个小时，我来找你。

这次开的却不是上次那辆摩托车，而是一辆黑色尼桑蓝鸟。所以到得很快。见了面，有一瞬间的沉默。然后李苏西笑了起来。一看到林景明，她就无形中会变得高兴，想笑，掩饰不住的笑意会从嘴角一直蔓延到眼角。

已经是10月，天空清亮，空气中弥漫着馥郁的桂花香。

林景明抽了几根烟，忽然说，我也是被继母打大的孩子。

这句话很破坏气氛，李苏西甜蜜得毛绒绒的心里忽然像被剃头推子推了一把，那些代表暧昧的绒毛忽然一下子都倒下去了。

她看到一个不够勇敢但哀伤的影子。那是她自己。她很沮丧，傻傻地说，明天还要上班吧，早点回去吧。

没恋爱经验的女孩子，就是不够老练。李苏西很郁闷很郁闷，天快亮的时候，她第一次独自一个人买了一包烟，一边抽烟，一边流泪。

【有种不确定预告】

元旦的时候终于有了一点儿空闲。朋友们都像迎接外星人登陆地球一样，激动地迎接着李苏西回城。

林景明开车，李苏西坐副驾。胖子拉苏西下来，自己抢了副驾位。他说，我是绝对不允许你们在我面前像对夫妻一样出现的。

大家又笑，问苏西什么时候择良婿。美人没有爱人，总是比较令人心疼的。

苏西笑，至少也得等我调回总部来吧。林景明不动声色地开车，苏西心里，淡淡的惆怅散开来。

他们带了充气船，用车载充气泵充好气，就能下水。有太阳的冬日，泛舟湖上，李苏西忽然原谅了与自己格格不入的那些室友。她们对于生活的要求是那样低，有足够的金钱与自由，理想依然是恋爱、结婚、生子、做事业。

半年以后，总部的信息部缺人，苏西便被调了回来。公司新成立的信息部，百业待兴，人才又少，苏西忙得连上厕所的时间都没有。日子照样是上班，加班，没有太多的变化。

林景明大部分时间都挂在MSN，忙碌，写程序。得知她去了公司的信息部，他和她开玩笑，如果有一天，你发现我在犯法，诸如网络罪犯一类的，你会举报我吗?

李苏西一笑，觉得林景明有时候也挺可爱，会做一些无聊的假设。她进而有点心花怒放，玩笑话也能说明浅浅的在乎吧。

她认真地说：我不会，但我会威胁你，叫你金盆洗手。

林景明皱了皱眉头。李苏西和别的女人不太一样，她很坚强，太勇敢，性格中甚至有点坚硬的味道。所以他觉得自己不能和这样的女孩子谈恋爱，心里有太多隐约的不确定预告。

【是谁太勇敢，喜欢说离别】

李苏西约林景明去吃日本料理。吃饭的时候有紫包菜，苏西忽然像是想起了一个测试，她问林景明，在红黑蓝绿紫中，你最讨厌的是什么颜色?

林景明说，紫色。

李苏西目光灼灼，盯着林景明笑。林景明被看得有点毛骨悚然。他说，答案是什么？李苏西说，讨厌紫色的人，表面上看起来波澜不惊，很好相处，其实是最具斗鱼潜质的人，也就是说，你其实很好斗。

林景明不说话。

李苏西继续说，景明，收手吧，斗鱼也会有失败的时候，会死得很惨。

苏西是在前一个晚上值班的时候发现有一个系统入侵与林景明有关的。最近信息部正在配合警方侦破一个针对企业网站进行的黑客活动。她发现了林景明的蛛丝马迹，他或许是疏忽了，并不是每一次都用IP代理，而她熟记着他公司和家里的IP。

苏西犹豫了很久，终于选中了关于林景明的那些资料，按了删除键。

那一夜，李苏西知道，自己不但失去了为公司立功的机会，也失去了林景明。她势必是要和他摊牌的，一旦摊牌，就再也不能和他谈恋爱了。哪一个有点自尊的女人会和因为报恩而爱自己的人谈恋爱呢?

所以当林景明越过那张低矮的台子过来拉自己的手的时候，她狠狠捶了一拳那只手掌。她说，你走，你不是一直在准备技术移民吗，不走我就去告发你!

林景明的眼眶里似有泪光，他说，苏西，我知道你的好。

李苏西很心酸。她想，自己为什么要这样对他呢？他是一个被后妈虐待长大的人，为什么非要他公正、正义呢？当发现他并不光明，自己为什么会这样伤心呢？

不知哪里的音乐飘过来，《广岛之恋》里，莫文蔚唱，是谁太勇敢，说喜欢别离。

勇敢与别离，或许爱与不爱，早就注定。

【当你爱不到那个想爱的人】

5个月以后，林景明飞往澳大利亚。李苏西穿着窄窄的铅笔裙前去送别。胖子在后面亦步亦趋，说，你即使跳槽了也不能这样啊，穿一条走不了路的裙子来，实在是太风骚了！

李苏西白他一眼，我们跨国公司的OL都这样穿！

是的，李苏西辞职了，换了工作。运气不错，还是进了一家大公司。胖子遇到朋友就会眉飞色舞地说苏西好本事。爱慕之心，路人皆知。

林景明盯着他们俩看了一会儿，说，早点开始，早点确定，别再浪费时间，记得通知我。

胖子兴高采烈，因少了这么一位劲敌。李苏西觉得，他不多心，其实有时候也挺可爱的。回去的时候，胖子过来拉自己的手，便也没有拒绝。

胖子说，今天晚上吃什么好呢，韩国烧烤还是贵州菜？

李苏西若有所思地说，不要急，日子总会慢慢过去的，不用急着安排。

当你爱不到你想爱的那个人的时候，不要急，日子总会慢慢过去的。

Beautiful encounter

穷人也有{美丽的萍水相逢}

桂圆八宝

穷人的爱情能有什么呢？无非是一张票，几瓶酒，一件夹克，当然，还有，等待一朵花开的宽容和耐心。

【除夕夜有敌情】

2006年农历腊月三十晚6点30分，也就是众所周知的那个除夕夜，林宝乐一手抓着可乐，一手提着皮箱，腋下夹了厚厚一叠报纸，蓬头垢面，随着大厅里的人流作蠕虫式涌动，接近检票口的时候，她古典而秀丽的杏核眼中闪过一道蓝光，手指微微颤抖，兴奋得几乎昏倒。

在场所有劳苦大众都会知道这张票来得有多不容易，林宝乐大学还没毕业，在一间会计事务所做实习生，属于爹不疼娘不爱的三不管人士，从腊月二十二她就开始紧盯着售票口，但因为队伍太长，每次都空手而归。谁能体会排队4个小时以后窗口一关挂出售空牌子时那一瞬间的心情，林宝乐的感觉是——

林宝乐杀人的心都有了，有他不得已的苦衷啊。

列车员接过林宝乐手里的票，用白眼仁狠狠翻了她一眼，没过3分钟，林宝乐在众目睽睽之下被带进了警卫室，出来以后她面对着墙，呆呆地站了1个小时零11分钟。

那是除夕夜7点58分，林宝乐拖着行李退到了火车站外，就在刚才她还是这场热火朝天的返乡戏里的主角，只因为手中的假票，她就被残忍地淘汰出局了。

她看到那个罪魁祸首从另一间大厅里走出来，低着头，全身上下都写满了沮丧。林宝乐没有心情去同情这家伙，卷了报纸，以徒手炸碉堡的姿态扑上去："周还山，拿你的命来！"

他立刻蹲下去，一副抱头等死的傻样倒让她心软了，同样抱着头蹲了下去。

焰火已经开始大放特放，积攒了364天的郁闷，在北京的上空中复仇似的绽放开来。普天同庆的狂欢夜，林宝乐和周还山用对方的手臂取暖，能往哪里去，他们惘然环顾四周，看似繁华热闹的气氛里，其实隐藏着多少不为人知的悲凉。

【世界其实是甜的】

林宝乐和周还山还是同一间建筑师事务所的实习生。

腊月二十七那天，是周还山主动找到林宝乐要给她带张票，已经受够了火车站神经质和言而无信的林宝乐立刻欢天喜地地答应了。这一去就是一天零一个早晨，林宝乐翘首期盼，望眼欲穿。

事实上，周还山在腊月二十八的早上就已经彻底绝望了。他不吃、不喝、不睡，换来的也不过就是售空两个字，摇晃着走出售票大厅的时候，周围票贩子幽灵般飘荡着，向他露出了微笑。

能怎么样呢？

手举着正义的大旗扑上去讨还公道？周还山又不是万能的奥特曼。

最后他用两倍的价钱换来一个还乡的希望，在检票口验收成果的这一刻，却被彻底地打败了。

林宝乐无语望苍天："人要是背啊，喝水也能咯着胃，我说你也忒能耐了，怎么就能买着假票呢？春天里花开万千朵，咱们就爱吃人的猪笼草是不是？"

周还山还不知道该向谁去诉苦呢，但绝对不会是林宝乐，在她面前，苦的也是甜的，辣的也是甜的，甜的也是甜的，世界都是甜的。

【半夜里的男女非奸即盗】

朝阳公园上方的大屏幕上，不知是哪个台的晚会，主持人正在抽筋似的活蹦乱跳。林宝乐直勾勾地盯着，手里紧抓电话，听老娘在千里之外的另一边痛骂她，真亲切啊，林宝乐怀疑自己有自虐倾向，眼泪哗啦啦掉下来："这台晚会怎么这么难看！这帮人脑子进水了。"

她买了5瓶啤酒，跟周还山对半分，最后她喝了4瓶，眯着眼跟周还山抢夺最后1瓶的所有权，他劝她："别喝了。"

她顾左右而言他："都怪你。"

是啊，喜欢一个人有时候就意味着承担所有的责任、哀伤和错误。周还山抢赢了，把剩下的啤酒一饮而尽，在林宝乐痴呆的目光下嘿嘿一笑，对着瓶子发狠似的说："让你喝，看你还喝什么！"

大概是两个人动静太大了，巡逻车上的灯光向他们扫射过来，小警察从车窗里探出头，一年里最非同寻常的大年夜，这一男一女看起来非奸即盗呢。

周还山反射性地把林宝乐的头压到自己怀里："女朋友，闹脾气呢。"

林宝乐挣扎着，呜呜出几个不成声的语调："谁是你女朋友？"

小警察哼了一声："大过年的，不回家在街上逛游什么？"

周还山心里一股火气腾地冒上来，回家，谁不想回家，你告诉我拿什么回？他站起半个身，突然怀里的双手加了把劲，把他死死按了下去。周还山反应过来，好一阵飘飘然，所有的委屈都驾鹤西游了。

巡逻车呜哇走远。

【穷人的爱情能有什么呢】

初一当天车站上的人终于有了消退的迹象，林宝乐和周还山坐上南辕北辙的火车，各自回家去了。初二早上林宝乐脚刚踏进家门，就被爹娘姨姥团团围住，把吃的东西一股脑地往她怀里塞，盯着她圆润的小脸蛋还啧啧作响："看把这孩子熬的……"

好像她在北京过的日子压根就不是人过的日子。

几天过去尘埃落定，乖宝也看腻了，长辈们终于问起了一早想问的大问题："有对象没？"

虽然林宝乐早有心理准备，还是被肥厚的鸡翅狠噎了一把，欲死欲仙的刹那间她想了3个月前的那场盛宴，那是事务所5周年大庆，林宝乐的酒量一向不错，被派为主力，喝着喝着她快撑不住了，一只手从旁边伸过来，替她挡下了所有的任务。

那天晚上他背着她从团结湖走到地安门，一路上念念叨叨，她比谁听得都清楚，无非是抱怨她太沉了，但沉也是这么可爱的，连肉肉的小腿子都珠圆玉润。她气得在他肩膀上狠咬了几口，他疼得大叫，回过头来望的时候，却发现她紧闭着眼，口水把他的衬衫都快洗干净了。

北京的深秋是多么适合减肥和坠入情网啊，周还山一样不差地把两项事业做得很齐全。

第二天他来找她，她却抓抓头，所有的事情都忘光了。

是啊，她喝得太多了，神智不清，就算清醒，那也是酒后乱性，大脑清醒的时候谁不会想一想，穷人的爱情有什么呢？无非是冬日里广场上的浪漫，10里路也得用蛮力背着往前走，以及，以及回家时打死也不敢买飞机票。

但是林宝乐也想起了周还山瞬间变得惨白的脸，他对她的任性无可奈何："忘了啊……"她也记得他搂住她的有力的手臂，执意把她压向他怀里的时候，可是一点都不留情的强硬啊。

林宝乐咬了咬牙，对着那些大眼瞪着小眼的热切目光说："有！"

【等待一朵花开的时间】

回到公司以后周还山对林宝乐疏远了很多，虽然反复无常是女孩子的天性，但也并不代表男孩子的内心就能进化到铜墙铁壁的程度吧。他从饭费里省下一些钱，几次鼓起勇气，事到临头却又退缩，终于到不把事情作个了断就要发疯的地步。他找到林宝乐，把钱交给她："那什么……害你损失了车票钱，我赔给你。"

林宝乐看了他很多眼，从上往下，从头到脚。毫不客气地接过了钱。

周还山松了口气。幸好幸好，他一直在想，如果她不肯要的话，该怎么收场。是不是会魂牵梦绕，直到死去也有借口心碎呢？幸好她收下了，周还山脚步轻快地直奔食堂，结束了结束了吧，他吃下8个馒头4份菜，在大伙怨恨的瞪视中讷讷停工。

晚饭他并不比午饭吃得少，却依然肆无忌惮地瘦下去。男孩子连流眼泪的借口都找不到，化成脂肪从体内流失是个好办法，但这种奇迹，周还山自己都是要瞠目结舌的。

挺到周末他还是忍不住站到了宿舍楼下，看林宝乐拐出胡同，和小贩们轻车熟路地讨价还价。他要离开的时候，林宝乐叫住了他："那什么……"

"什么？"

林宝乐从宿舍里拿出一件灰色夹克，习惯地套在了他身上。钱是来之于周，用之于周，所以她低着头替他整了整衣襟："你可别得意啊！"

但周还山还是得意了。可能是今年的春天来得特别早，也可能是听到了谁的召唤吧，路边花儿出乎意料地冲破了花苞，开始蠢蠢欲动了。

穷人的爱情能有什么呢？无非是一张票，几瓶酒，一件夹克，当然，还有，等待一朵花开的宽容和耐心。

If meet again

如果重逢必须出现{一只鹅}

苏小彩

4年以后，当初那个骄傲矜持的我，已经学会了堂堂正正地放下自己的自尊心，去好好爱你。

【我们相识4年】

我是郭美美，不是那个唱“看见蟑螂不怕不怕啦”的郭美美，是郭记卤鹅店老板的女儿郭美美。

郭记的卤鹅味道绝妙，极其好吃，因而，每天的顾客挤破门。在节假日，买卤鹅的人甚至会起个大早，兄弟姐妹轮流着来排队，天王开演唱会，阵仗也不过如此吧？所以，郭记卤鹅限量发售。

因为这个技艺绝顶的老爸，我把那块写着“请大家遵守秩序”的牌子拽起来，放在门口，然后抱胸扫视顾客，活脱脱一副保安脸。你就是在这个时候忽然出现的。你缩着头看看门前的队伍，有些诧异，最后直直走到柜台前。老妈数着钞票大声吼你：“请到后面排队！”

你笑了：“阿姨，我是廖佳白啊，郭美美在不在？”

老妈抬眼看你，愣了好半天。老实说，不要说老妈，就算是我，也认不出现在的你来，你看起来那样英姿勃勃，笑容明朗，就算穿着臃肿的羽绒服，也照样身姿挺拔，显得那么出众。

嘿，廖佳白，4年了，4年没见了！

【我们到底谁是肥鹅】

在歌手郭美美还没出道的2004年，我家的卤鹅店还只是一个小摊车，你是我家最忠实的顾客，老妈口无遮拦：“你要是早点吃我家的鹅肉，也不会长这么矮了！”

在老妈爽朗的笑声里，你傻呵呵地摸着脑袋笑，然后一手肥鹅，一手书包，跟我去街心花园写作业。

我把你的课本垫在石凳子上，然后各自忙开了——你写作业，我啃鹅脖子。

吃到最后我总是意犹未尽：“要是鹅脖子像长城一样长就好了。”你咬着笔看我，似乎很认真地想象了一下长城，然后你说：“郭美美，等我有钱了，带你去长城吧！”

我很不屑地白了你一眼，我只是在借长城表达我对鹅脖子的热爱而已，你真是一点儿也不了解我深邃的思想。

吃完鹅脖子，我就猫着腰在腿上拍拍打打，一掌下去，拍死好几只蚊子，然后把满手的蚊子尸体和黏糊糊的血擦到你白色的运动裤上。你从来不认为我是在欺负你，常常呵呵呵地傻笑。

你有一辆很漂亮的捷安特，在阳光下闪着银白色的光。每次看到它我都很想坐上去看看，于是我说：“我脚疼，你带我回家。哦不，你借给我车子，我骑车回家。”

你把车子让给我，想开句玩笑却弄巧成拙：“捷安特驮你这样一只肥鹅，肯定很累的啦！不过我载你回去吧。”

其实我一点也不肥，相反，我非常瘦，瘦得连睡觉时都会被自己的骨头硌疼。可很不幸的是，我长了一张圆乎乎的脸。

而这个世界上最悲惨的事情莫过于被一个真正的胖子说胖。

我气急败坏地对着你的背影大喊：“廖佳白！你才是肥鹅！”

【樱桃肉丸子】

我恋爱了。确切地说，是我开始单恋了。

他叫俞浩然，一个高高瘦瘦的男孩，成绩优异。我不再逼你帮我写作业，开始在草稿纸上认真地写写画画，用一个下午的时间演算一道物理题。我总得有点优秀的地方，好让俞浩然记住我呀。

你猫着腰，帮我打蚊子，啪的一声，却打断了我的思路。

那个下午你提着我的书包汗流浃背地追在我后面，你说：“我不是故意的，我请你吃鹅脖子好不好？”

我不理你，埋头踢着路边的小石子。

“你这么笨，就算我不拍掉你的思路，你也做不出来的！”

你这张烂嘴巴又开始激将我了，我才不上当。

最后，你中气十足地喝道：“郭美美！你给我站住！”我就真的听话地站在了，因为我的脚指头踢到了一块碎玻璃上。

感谢老天赐予了你一个强壮的身体，在我血尽人亡之前，你把我背到了医院。缝合伤口的时候，我大哭大闹，你把一块巧克力塞到我嘴里，却又狗嘴里吐不出象牙地说道：“怎么哭得跟杀猪似的。”

脚伤让我如愿坐上了你的捷安特，你每天按时等在我家街口接我上学。你肥胖的身体挡住了我前方的视线，我只能仰着头看天。初夏的桐花在天空里绽放出一大片飘忽的淡紫，你得意洋洋地说：“我的捷安特好吧？普通的车怎么可能载得起我们两个胖子啊！”

“是你，不是我们！”我反驳，用力捶着你的后背。

后来，俞浩然文雅地问我：“廖佳白是你男朋友吗？”

我连忙摆手。俞浩然看看我，笑得意味深长：“郭美美，如果你喜欢我，就不要成天跟那个胖子腻在一起。”

俞浩然说这句话的时候，还吃着你给我带来的便当，他把香菜挑出来，堆在饭盒上：“下次记得不要放香菜，我不喜欢吃这个。”他皱眉提醒我。

不知道为什么，那一刻，我忽然觉得，似乎你胖胖的脸开怀地大笑要比他可爱。

我一把抢回便当盒，拿到食堂外面倒掉。我很愤怒还因为，他管你叫“那个胖子”。

第二天，我矫情地以失恋者的姿态跑去了理发店，剪了齐耳的短发，齐眉的刘海，那是2004年的初夏，我还不知道这样的发型叫做波波头。我问你：“像不像樱桃小丸子？”

你眯着小眼睛看我，很认真地回答：“像樱桃肉丸子。”

【要门当户对】

你有一张贱嘴，不过，在你的贱嘴底下，却有一颗水晶般纯净透明的心。

铜铃街开始整顿，不时的突击检查中，我家的小摊车被没收了。周末的时候，我跟着爸妈一起去某某局长家行贿。若是早知某某局长就是你爸爸的话，我死都不会去了。当我老爸对着你老爸卑躬屈膝的时候，你抱着小狗走了出来，你看到我很惊喜："嘿！郭美美！你怎么来了？"我看看你，把头微微偏到一边。

老妈笑得很献媚："一直就觉得这孩子长得一表人才，原来是廖局长的公子，难怪啊！"在我老妈面前，你总是装小白兔，抓着脑袋傻呵呵地笑，而我却恨不得找个地缝钻进去。

你看出了我的不自在，拉我去你房间玩。我们看电视的时候，小狗就在你脚边打滚。你笑着说："豆豆饿了。"我从背包里掏出牛奶递给你，你摆摆手："豆豆只喝日本的有机奶。"

换作以前，我一定很不屑地说一声"切"，然后鄙视你的崇洋媚外。可此刻，我看到了我们之间的不同。我忽然觉得自己从前对你的嘲笑都很危险，老虎不发威，不说明它是病猫，只说明它是一只有涵养的老虎。

我们看了一下午TVB的老剧，女主角哭着被赶回婆家的时候，我开始发表感叹："所以说啊，谈恋爱也是要门当户对的！"你站起来换碟，我这才发现，你比以前瘦了不少。

胖子是可以变瘦的，而我，永远都是那个头发上布满卤水味的小贩的女儿。

后来你的局长爸爸再次升迁，你家要搬去北方的城市。你来向我道别，我躲在屋子里装睡，不肯出来见你。老妈挽留你吃晚饭，你笑得很有礼貌，说："不了不了，还要回家收拾东西，明天一大早的飞机呢。"

我听见关门的声音，在心里数着你的脚步，数到37的时候，我跳下床，偷偷撩起窗帘，正好看到你也回头，看向我的窗口。

你的眼睛红红的，耷拉着肩膀，像一只孤单的小白兔。

那是2004年6月，我们从那一年开始，失去了音信。

【我恨那些鹅】

那年秋天，我考到了北京的大学。北京的烤鸭比卤鹅有名得多，想念家的时候，我就乘坐两个小时的车，去吃东沟老鹅。

而每每啃到鹅脖子的时候，我都会想起你，想起你那像花朵一样美好的笑脸，你说："郭美美，等我有钱了，带你去长城吧！"

可是这个世界上不会有像长城一样长的鹅脖子，所以我只能一个人去长城。我站在八达岭上请人帮我拍照，我的波波头已经很长，被风一吹，乱得像鸟窝一样，而鸟窝下面，是我红红的眼睛。廖佳白，我这样看起来也很像一只孤单的小白兔。

无聊的周末里，我窝在宿舍一遍一遍地看《达子的春天》，达子说："心跳也不全是因为爱，想念也不说明就是爱，如果因为那个感觉到残酷的孤独，那才是爱。"

廖佳白，请原谅我的迟钝，此刻，觉得孤独，此刻，我爱上你了。

【看韩剧有益提高勇气】

现在是2008年2月29日，我们阔别重逢。

现在的你高高瘦瘦，笑起来眼睛又大又亮，你依然是某某局长的儿子，而我依然是郭记卤鹅店老板的女儿。更可怕的是，我从以前那个瘦妹变成肥婆，不但脸更肥，我的身体也像被吹起来的气球般，圆滚滚起来。

你知道的，异地求学的日子是多么艰苦，而想起你，心里总是空空的，我只能不停地吃，吃了很多的鹅脖子、鹅翅膀、鹅大腿，等到我终于见到了你，我开始恨那些鹅。

要是换做以前，见到你的出现，我肯定会以我的矜持和骄傲默默地躲开。可见看韩剧也是有益勇气的。剧里的旲达子说：我的年龄33岁，学会了堂堂正正地放下自己的自尊心。

而我也学会放下可笑的自尊或者自卑，郭美美的年龄22岁，还没到退缩的时候，更应该勇往直前。

我走到你身后，重重地拍着你的肩膀。你回头那刻，我们两个人的眼睛都红了。

嘿，廖佳白，别哭，我想看你那像花朵一样美好的笑容。

Affectionate love

{如果爱}请深爱 调色男巫

月老先生，这次你总不会再错了吧？只要他真的值得我爱，即使是个死胖子，我也会好好去爱。

【两个人】

沈暖暖第一天上班，陈大可就过来搭讪。

沈暖暖抬头一看，呵，好大一座山。陈大可开门见山地说，暖暖，你还是那么漂亮，下班以后一起吃个饭怎么样？沈暖暖想说，你真是不走运，我生平最恨的就是死胖子。但是终究还是没好意思，只稍微有点不自然地笑笑说，一会儿再说，好吗？

沈暖暖没有等到下班时间就逃了，趁着陈大可上厕所的间隙，她飞快地溜进韩思冲的办公室，撒谎说自己不舒服。韩思冲关切地问，怎么第一天上班就不舒服啊？是不是对公司哪里不满意？还是……

沈暖暖说，没，就是忽然有点累。

韩思冲站起来拿衣服，这样吧，我开车送你回去吧。沈暖暖没法拒绝，只得点头。其实她本质上就没想拒绝，因为他跟陈大可比起来不是优秀一点半点，他有一辆银白色的奥迪A4，陈大可却连个二手奥拓都没有。他举止优雅，绅士味十足，而陈大可土得像个土包子，连初次搭讪的方式都是那么像没文化的小混混。

【新恋情】

转着转着两人就转到了必胜客。那是沈暖暖第一次吃披萨。她想起小时候看过的动画片《忍者神龟》，那里面几只绿色的乌龟都爱吃这种东西，于是不知不觉地笑了起来。韩思冲掏出纸巾温柔地给沈暖暖擦嘴边的油，沈暖暖就哭了。

她想起了一个人，那个人从初中呵护她到高中。他给她誓言，海枯石烂都不变的样子。他说，暖暖，以后的以后我会娶你，给你幸福的生活，叫你做世界上最幸福的新娘。那一刻的感动突然来袭，像现在一样，当时的沈暖暖也哭了，紧紧地抱住他，生怕下一秒，他说的誓言就会应验在别的女孩子身上。

可是终究还是落了空，那个曾经把她从众人的拳打脚踢中救出来的他，那个曾给她誓言的他，还没等到沈暖暖大学毕业，就迅速结婚生子。

韩思冲饶有兴致地看着她，犹如一个小孩子看着一件很有趣的玩具。

一段新的恋情就这样开始了，悄无声息。

沈暖暖很喜欢这段感情的突然来袭，不欢喜的是陈大可。他说，暖暖，你可真行，都不提前打声招呼，就把我打入冷宫。

沈暖暖不理他，她懒得理他。沈暖暖想，陈大可，你总跟我装什么青梅竹马，我跟你很熟吗？

【简单爱】

作为公司的骨干，韩思冲总是很忙。10天到半个月就要出一次差，每次回来或者离开都是一副急匆匆的样子。好在韩思冲每次都不忘给沈暖暖带小礼物，好在沈暖暖回家有他们一起买的小京巴狗陪着她，沈暖暖不至于沦落到要与四面墙壁对话。

沈暖暖无聊时会上网找人聊天，可是她不想答理陈大可。但是死皮赖脸才加上她的陈大可显然不愿意放弃任何一个能接近她的机会，即使沈暖暖不说话，他也能孜孜不倦地发很多信息。直到沈暖暖终于忍不住了，冒出头来对他破口大骂，他才会暂时熄火，呵呵地笑着说，怎么样，我就知道你在的。沈暖暖说，你无聊不无聊啊？世界上这么多女人，你干吗只盯着我不放？陈大可回答，因为你是一朵鲜花。沈暖暖说，我是鲜花没错，可是却不适合你这堆牛粪。

话已经说到了这个份上，沈暖暖以为陈大可会生气到也对她破口大骂，可是却没有。陈大可只是把话题扭到一旁去问，难道你真的感觉这就是你想要的幸福吗？终日守着一个没有男人的家？终日念着一个不知道在外面都干些什么的他？沈暖暖，难道你就这么甘于做人家的全职保姆吗？沈暖暖，难道你认为你现在拥有的就是爱吗？

沈暖暖听他这么说，很生气。如果当时陈大可就在她面前的话，她肯定会号令小京巴再加上自己双双地咬上去。但是她又拼命地劝自己不要因为他而生气，一是因为不值得，再就是因为她明白，他这纯属是在心生嫉妒。

我们这才是平凡人之间的简单爱，像你这种快变身为猪的人是不明白的。沈暖暖恶狠狠地敲下这行字，然后赶紧下线。

【心突变】

上班的时候，陈大可突然扔给沈暖暖一个信封。

面对沈暖暖怀疑的目光他稍有点神秘地说，回去再看。沈暖暖却连看都不看，就直接喂了旁边的垃圾桶。陈大可不断地唉声叹气，沈暖暖就调皮地冲他做鬼脸，之后还通过MSN给他发过去了一句话，死胖子，想追本姑娘，下辈子吧！不过也得长帅点，前提是起码得先把身体减到孙悟空模样。你要记住，是女人就不喜欢猪八戒。

陈大可说，你还是把信封捡起来吧，是跟韩思冲有关的，我真的不想你被蒙在鼓里。陈大可眼睁睁地看着沈暖暖，可是她却一动未动。陈大可就想，终究是被爱冲昏了头脑的年轻人，怎么都不肯相信自己喜欢的人会背叛。

下班的时候陈大可走在了沈暖暖前面，当然他看不见沈暖暖脸上是挂着怎么样的表情又把信封装进了手提包里。

沈暖暖把一叠照片摔在韩思冲面前，韩思冲看见的是自己跟另一个女人的照片。他无话可说，只是把头深深地低下去。沈暖暖大声咆哮着问，怎么回事？韩思冲还是不说话，沈暖暖开始收拾东西，搬来时的东西又一件件装进箱子里，什么都不愿意留下。小京巴狗咬着她的裤管撒娇，她也不理睬。

出门的时候韩思冲终于追出来，他说，我送你。沈暖暖转身留给他一句话，你闪开，我不喜欢混蛋。

【空城叹】

沈暖暖觉得刚刚过来的这段时间，自己真是傻到家了。哪里会有那么好的事情，钢筋水泥的大城市里，碰见一段感情，就当成是永远。沈暖暖想，陈大可真是个混蛋，他放着好好的工作不做，干吗去跟踪韩思冲，并拍下那些叫她心裂的画面。如果不是他，她可能永远不会知道韩思冲会是一个脚踏两只船的人；如果不是他，她可能现在还在为了韩思冲在厨房里忙着煮饭……有那么多的如果可以罗列出来，沈暖暖对陈大可恨到牙痒痒。

可是突然也有一个这样的如果蹦出来。如果当初沈暖暖选择的不是韩思冲，而是陈大可，那么这些重复着过去的伤痛，是不是就可以避免？

或许幸福本就应该归于一种平淡吧，那些看似美好的东西，注定只能远观，不能近玩。否则就会全身因它而伤，因它而痛，因它而看什么，想什么都觉得讨厌。

沈暖暖想，还是再过几天就离开这座因没她想要的，而彻头彻尾地成为空城的城市吧。但偏偏这个时候讨厌的死胖子陈大可把电话打了过来。

【狠狠爱】

陈大可问沈暖暖，暖暖，难道你是真的不记得我了吗？

陈大可说，沈暖暖，那是10年前，我们在同一个地方上初中。因为你有个严厉的爸爸在学校当老师，放学后你被他班里几个混子似的学生围着打，是我把你从包围中救了出来。后来你写了一张纸条叫别人交给我，我怕自己脑袋上缠着绷带见你你会说我难看，于是叫班里另一个男生代我去。后来你把他当成了我，跟他走在了一起。之后，我就拼命地吃，拼命地锻炼，发誓以后总有一天能保护到你。你年少时的爱恋，竟然可以模糊掉我的容颜，所以那时的我就知道，你们在一起亦不能长久。

5年后高中毕业，我填报了你上大学的城市，我们却没有再见面。在这个城市里，我始终保持着一个死胖子的模样，我想不管何时何地我再见到你，肯定能保护到你。

暖暖，其实我也曾经身轻如燕！

沈暖暖的眼前忽然变得模糊一片，她哽咽着问陈大可，为什么你不早说？

陈大可委屈地说，我怎么不想说，可是你连一起吃饭的机会都不给我，我，我怎么……

沈暖暖想，月老先生，这次总不会再错了吧？即使他是死胖子又如何呢，只要真的是值得我爱，我就狠狠爱。

如果爱，请深爱。

Doodle on the wall

如果你看透我在墙上的{涂鸦}

佩灵

苏贝贝靠在玻璃门前，点燃一支白沙烟，在阳光普照的下午，眼睁睁地看着那位工人兄弟，那么富有浪漫色彩地路过了她的生活。

【1】

苏贝贝恨2003年在深圳的自己。

那是怎样一段可耻的年华，头发是染得枯黄的玉米烫，大大的眼睛上两只被剃得好像蝌蚪似的眉毛，眼影永远是不朽的翠绿色。

她在堂姐的小快餐店里打工，并且学会了抽烟。不上班的时候，苏贝贝抹得油光光的嘴唇上就叼着根便宜的白沙烟；因为工作的时候是不能抽烟的，工作时她只可以围着难看的绿色围裙，捧着个小本子跑到每一个人的面前，笑盈盈地说：老板，你想吃点什么？我们的特色菜是麻辣小龙虾。

做这些事情，苏贝贝是很有经验的。时间长了，通常她一眼都能判断谁会支支吾吾地点醋溜白菜、酸辣土豆丝；谁会很豪气地挥挥手点上两三斤昂贵的麻辣小龙虾。唯独黄蓝风，当他第一次穿着蓝色的工装进来吃饭，用他油迹斑驳的袖口蹭蹭鼻子，跟暴发户似地对她说：小姐，给我整两斤没辣椒的小龙虾。

一开始，她认为他简直是在无理取闹，麻辣小龙虾你可以不加葱，不加生姜，甚至可以不加酱油。但你怎么可以亵渎这么经典的美食，不加辣椒。

苏贝贝鄙视工人兄弟黄蓝风。

【2】

可是她渐渐熟悉他了。

黄蓝风是小饭店附近工厂的工人，每天的工作就是把MP3上的某根电线焊接在一起，然后丢给下一组流水线的兄弟。他们生产出来的MP3会被贴上名牌标签，送到深圳每一个电子产品集散地，被标上低廉的价格，卖给所有贫穷却追赶时髦的深圳劳务工。

月头，黄蓝风一定会豪爽地点一次没辣椒的麻辣小龙虾，笃定是口袋里装着一个月的薪水。紧接着就是没辣椒的土豆丝，没辣椒的鱼香茄子，五花八门的素菜轮番吃到月底。以至于每当黄蓝风踏进小饭馆，苏贝贝一抬眼皮就擅自做主帮他报上菜名：厨房，来个没辣椒的麻婆豆腐饭。

每一次，黄蓝风都毫无意见，老老实实地把饭吃个精光。

苏贝贝和顾客友好的交流在堂姐苏敏那里却是另一层意思。她将苏贝贝拉到快餐店的厨房，语重心长地说："你还小，这种没前途的打工仔不适合你。"

她和他之间根本没那回事，只是从商业关系升华而来的友情。可是在2003年，芳龄18，只有高中学历的苏贝贝，智商和情商都不足以强大到能理解——男女之间的爱情其实就是友情进化而来的情感。

【3】

不可否认的是，无论那时的苏贝贝打扮是怎样地俗不可耐，没有内涵，总会有饥渴到见到母猪都会觉得眉清目秀的男人从苏贝贝五光十色的妆容里挖掘出她的美丽。

那是苏贝贝平生第一次遭受到非礼，那个长相猥琐的怪大叔把自己粗厚的大手一把拍到她的屁股上，就像在拍一只苍蝇。

没有什么经验的苏贝贝哇一声就哭了。透过蒙眬的泪帘，她看见工人阶级兄弟黄蓝风拍案而起，扑向怪大叔揪打成一团。

所谓的爱情，就是这样开始的。

黄蓝风依旧来吃饭，在堂姐苏敏的注视下若无其事地吃完东西，抹抹嘴离开。然后他会走到街头拐角的一家小网吧玩《劲舞团》，等苏贝贝收工后溜出来约会。

没有玫瑰和烛光晚餐，通常是两个人用一台电脑玩游戏。累的时候，就手指勾着手指放风似的在附近商业区明亮的玻璃橱柜前遛腿儿。苏贝贝仰慕着其中一间橱柜里的婚纱，蓬松的雪白的，撒着金粉，似云雾一样地飘在那里，遥不可及。黄蓝风一把搂住她的肩膀，声音极低，在苏贝贝耳边流转：等我有钱了，用这件婚纱娶你，好不好？

每天千篇一律地遛腿儿，生活未免是单调的。善于挖掘的黄蓝风喜欢上了商业区外墙上那些诡异的涂鸦，每一次经过那里，他都使劲仰头想要多看一眼，他说："你看，那个画好好看，就是看不明白到底是画的什么。"

苏贝贝咧开嘴一笑："你想学不，很简单的。"她拉着黄蓝风跑进附近的文具店，买了好多水粉、画笔和白纸。

于是他们生活中又多了一件事，在苏贝贝狭小的卧室里，就着台灯涂鸦。不得不承认，黄蓝风是没有艺术细胞的。一开始他想画只小狗，结果画成了大象，最后干脆加上两只翅膀，变成了鸟人。苏贝贝却是一个惊喜，无论怎样落笔，她画出来的图案都是不可思议地充满了艺术风格。

黄蓝风说："你简直是天才啊。"

苏贝贝得意洋洋地炫耀："我可是学了7年的油画，你以为是天生的么……"苏贝贝忘乎所以，忘记了黄蓝风的存在，忽略了黄蓝风脸上复杂疑惑的表情，毫不自觉地讲述着自己显赫的家世。

贫瘠的生活和张扬的青春，苏贝贝想，有什么能够比这样纯粹的爱情更值得去忠诚。她甚至认为也许春节，就可以带着黄蓝风回家，见见自己势利的父亲。

【4】

可是忠诚，并非是两个人的事。

春节，黄蓝风被那家生产冒牌MP3的工厂留下来加班。半个月，当苏贝贝回到小饭店，却发现街头多出了一个卖盗版碟的小姑娘。小姑娘很漂亮，黑黑的头发，没有化妆。如果不是她总是把唾沫沾在手指上数钱，反倒显得更清纯。而黄蓝风跟小狗似的团在那一摊花花绿绿的盗版碟背后，向所有的人吆喝："新到的美国片《反恐24小时》，老板来一张吧，一张才5块钱。"

苏贝贝怒气冲冲地跑过去，说："老板，要《哈利·波特》，全套。"黄蓝风的脸一下红了，跟猴子屁股似的，低下头慌忙地在纸箱里乱翻。

苏贝贝忍住眼泪，一张皱巴巴的纸币换来一张盗版DVD，然后风一样地离开。比起男人畏畏缩缩的沉默，她更希望他能够站出来告诉她，一切都只是误会。

那个小乡下妹只是她的同乡，刚来深圳找事做。

可是，黄蓝风什么都没有说。

失恋后的苏贝贝还是和往常一样，围着绿色的裙子，顶着一张五光十色的脸询问所有的人：老板，您想吃点儿什么？我们的特色菜是麻辣小龙虾。只是习惯性的，她偶尔会把要求加辣的听成不加辣的。

至于黄蓝风，他已经不再来小饭店点不加辣椒的麻辣小龙虾了。苏贝贝唯一见过他一次，是他推着卖盗版碟的三轮车，一阵风似的从饭店前跑过去，他身后跟着夫唱妇随、气喘喘的小姑娘，再后面一群是愤怒的城管同志。

当时饭店没有什么生意。苏贝贝就靠在玻璃门前，点燃一支白沙烟，在阳光普照的下午，眼睁睁地看着她爱的男人，是那么富有浪漫色彩地路过她的生活。

【5】

痛苦的时候，自虐是每个人在年少时都会有的倾向。苏贝贝知道自己不想死，她只不过想发泄一下痛苦，只不过下手狠了点。当堂姐苏敏在放蔬菜的后院发现她时，她的血流了一地。

理所当然地，她被挂上了自杀的牌子，这是多么让人羞愧的事啊。黄蓝风提着一大袋葡萄来看她的时候，她很不好意思，就把脸藏在满是消毒药水味道的被子里。

她感觉到他就坐在一边，给她的杯子续满了开水。又向邻床的病人讨了个大碗，将葡萄一颗一颗洗干净，放在床头。然后他说："我走了。"

那一刻，苏贝贝藏在被子下，忍住眼泪，世界天翻地覆地崩溃了。

很快，在老家开工厂，投资房地产的单身父亲赶到深圳，将这个叛逆的女儿接了回去。

回去后，她头发拉得很直，染回了黑色，没有化妆，就和所有一尘不染的学生一样，每天捧着书本安静地从校园里经过。

一年后，父亲决定送她出国留学。

大学毕业那年，苏贝贝遇见了现在的男友，一家外资公司的英国小伙子，收入中上，应对小康生活绰绰有余。关键是他对她说："我是个传统的男人，和你在一起就是为了结婚，要不为什么谈恋爱。"他为苏贝贝买了一枚小小的钻石戒指，0.5克拉的钻石好像晨曦下的露珠在无名指上莹莹发亮。

2008年1月，苏贝贝踏上了回乡的路程。从香港辗转到深圳，然后被堵在了南方的冰天雪地中。

夜沉下来时，苏贝贝开车独自上路。那条工业街依然繁华，可是多出了很多卖盗版碟的摊子。缓缓从街头路过，她打开车窗，张望着，企图在繁闹的人群中间找到他的影子。

车头，却不小心碰翻了一个摊子，五花八门的DVD哗啦啦地掉在地上。她看清了摊主是谁。

他老了，裹着灰旧的大衣，面容苍白，双鬓露出微白。

他已经不认得她，只骂骂咧咧绕到车前去抄她的车牌号码。在算完损失后，苏贝贝淡淡一笑："对不起，你的损失我全赔，然后我还要一套《哈利·波特》。"

2008年春节的深圳，苏贝贝穿着灰色的大衣，开着车从清冷的滨河大道上经过。电台里每一个节目都在轮流播放，请大家不要回家，留在深圳过年的广告。

从车窗望出去，天空好像是一个深潭，深不可测，望不见一颗星星。

然后，她哭了。

Door bell

{小麦的门铃}只按3次

苏小彩

小麦的门铃只按3次，最后那一次，只是想告诉你，我来过了。

你不必开门，让我们彼此怀恋门即将拉开的那一秒，我们曾有过的那份期待。

【您好，尹先生，请签收您的EMS】

我叫乔麦，今年23岁，女，双鱼座。

我是个邮差。

一年里三分之二的时间我都穿着墨绿色的制服奔走在千篇一律的大街小巷，风大的时候，我会很不情愿地戴着那顶听起来很煞风景的绿帽子。

按照不成文的惯例，邮差送信，只按两次门铃，可我会多等上几秒钟，按上3次。复兴街的人都知道我。他们笑眯眯地叫我小麦。一种平凡而生机勃勃的植物，一个平凡而生机勃勃的昵称。

复兴街的尽头有一个小花园，花园后面，是一间半旧的小公寓，号称复兴街最昂贵的公寓。尹大志就住在此处，他是建筑设计院的宠儿，不用天天上班。

来自上海的EMS，几乎每周一份，用脚指头想也知道，这是他女朋友寄的。因为他那个爱寄EMS的女朋友，我得以每个月见到尹大志4次。他没有一次穿同样的衣服，真是个讲究的男人。

这一天的EMS特别大份，我抱着沉甸甸的盒子站在尹大志门口，可门铃摁响到第三次，依然没用动静。

那一刻的我忽然没有任何根据地坚信，他一定是出事了。于是，我开始猛踹着防盗门，对着可视对讲电话大喊大叫。

尹大志确实出事了，当防盗门被撞开那刻，满屋子的煤气味扑面而来，他睡在躺椅上，神情安静。

【小孩，别动，让我靠一会儿你的肩膀】

那几日，小城报纸的大头条都是勇猛女邮差破门拯救自杀男青年的事情。我一下子成了红人，成了N市邮政部门良好形象代言人。尹大志就比较惨了，失业、失恋、自杀，什么倒霉的词汇都用在了他的头上。所以当我再见到他的时候，他很落魄，拖着大包的行李从35号小洋楼里走出来，穿的还是几日前的那件灰色衬衣。

等我送完信回来，他还蹲在原地，一地的烟蒂。

我摁着车铃从他面前驶过去，他叫住我："喂，你等等。"我连忙刹车，他并不看我，慢悠悠地抽完最后一根烟，然后把一个大盒子塞进我怀里。就是出事当日我送去的EMS，盒子还贴着胶布，没开封，我说："干吗？"

"给你吧。"

"你都不看看这里面是什么？就给我？"

"不要拉倒，我拿去扔了。"

"我要！"我一把抢回来，死死抱住，不要白不要。迟疑了片刻，我问："你身体好点了吧？"

尹大志眯着眼睛瞟了瞟我："你还真多管闲事。"

后来他在工地上找了一份工作。他从建筑设计院的宠儿沦落到普通的监工，要跟班查工地，常常一泡一整天。蓝色的背心，黄色的安全帽，皮肤已经晒得黝黑，他坐在一块空地上和民工们一起大口吃着盒饭，完全被打回了原形。尽管这样，我还是一眼认出了他。我跑过去拍他的肩膀，他转头，眼光却停留在我的手腕上。

我不好意思地摇摇手链："合适吧？你送的，呵呵。"

尹大志站起来，撂下一句话："难看死了。"他耷拉着肩膀走进工棚，我们之间横着一片冰凉的钢筋水泥。

我再没有虚荣地去戴尹大志女朋友不要的金银首饰，每日送完信我就会去市场买母鸡，炖满满的一罐，分一半给尹大志，反正顺路。

那些工友一看到我就会咧着嘴笑，然后大声喊尹大志过来，他们说，你的妞看你来了。我笑得很窘迫，提着汤跟在他身后一路小跑，他在工地边缘的树荫里停下，抱胸看着我："你又带的鸡汤吗？"

"是呀是呀，你这么辛苦是要好好补补的。"

"你一直这么多管闲事吗？"尹大志拿过碗豪迈地饮尽，当他再次回过头时，我忍不住大笑起来："你流鼻血啦！"

尹大志疑惑地用手去擦，很不能面对现实地说："不是吧，对着你这样的小孩，我流鼻血？"

我拿纸巾帮他擦，尹大志忽然按住了我的手，把头靠在了我的肩膀："别动，让我靠会儿。"他的声音低低的，倒像是一个受伤的小孩。

【看，我哪儿也没伤到，我还能跑】

我约尹大志去看电影。他特地理了发，衬衣洁白如初，没有一丝褶皱，站在影院门口，挺拔而骄傲，像童话里的王子。我一步一步向他走过去，有点感动，眼眶湿了。过马路时，发生了一起小小的车祸，色迷迷的我，倒霉地被一辆摩托车撞倒。车主死活要带我去医院，可是，为了准时赴约，为了和我喜欢的男生看电影，我拼命拒绝，"看，我哪儿也没伤到！我还能跑！"

黑糊糊的影院里，我才慢慢感觉到膝盖处的疼痛。尹大志说："你怎么了？"

没等我回答，他大大的手臂已经圈住我，他开始吻我。

我不知道半年前的青年才俊尹大志的手掌是怎样柔软高贵，我只是真切地感受到这一刻的他，手掌粗糙但温暖，带着坚定，不容我退缩。

他说："小麦，其实我一直想对你说谢谢，谢谢你救了我，不然我的生命里，就会错过你。"

故事已经到了尾声，四周的女孩子发出了隐忍的哭声，我是最动情的观众，哭得那样嚣张。

【她长得很像那个眼熟的邮差妹妹啊】

尹大志重新被一家建筑公司赏识，并且在复兴路重新租了一套小公寓。每当我按着车铃从楼下穿梭时，他就会站在阳台上一边刷牙一边对我傻傻地举起剪刀手。

于是我像是被鞭策的骏马一样，把单车踏得呼呼生风。每送完一个小区的信件，我就会停下来给他发一个信息。他再忙，也会回复一个笑脸给我。

两个月后，尹大志拿到第一笔奖金，他带我去买手机，我选了Kitty猫限量手机，他选了N95，他看着我可爱得不成样子的手机哭笑不得，因为我死皮赖脸要和他换着用。

据说那一天的尹大志很窘，不敢接电话，不敢看时间，电话震得他坐立不安，因此搞坏了一个CASE。

4个月后，尹大志已经升为部门经理。他变得很忙。当我踏着单车在烈日下奔波时，他在会议室听取报告。当我对着一桌饭菜睡着的时候，他还在公司加班。他回来的脚步总是很轻，把我抱到床上，盖好被子，然后吃着冰凉的饭菜，吃得津津有味。

夏天来得这样地快，我申请了大半年的工作调动被批准了。从此以后我就要去市中心的那片写字楼送信了。这个调动是我极力请求的，因为那里，是尹大志工作的地方。

到他们公司之前，我给尹大志打电话："快点出来！"

尹大志风风火火地下楼，然后看到一身制服的我。我斜背着大大的帆布包，站在公司门口冲他扮鬼脸。

"你怎么跑到这里来了？"

"惊喜吧！以后你公司的信件报纸都由我负责呢！"

尹大志似乎并没有多惊喜，路过的同事用诧异的眼神看看我们，然后撞撞他的肩膀："女朋友啊？"

尹大志只是呵呵地笑，并不应。

那天晚上，尹大志拉过我，很认真地说："小麦，我不想你这么辛苦，你辞职好不好？我可以养你的。"

"不好！"我几乎是愤怒地说，"你是嫌我丢你脸了吗？"

尹大志宠溺地刮我的鼻子："我是真担心你，好吧，既然你喜欢，我尊重你。"他转过背，兴冲冲地拿出一套礼服在我身上比画："这周公司的周年庆，我要把你介绍给大家。"

我以为只是公司内部的小聚会，没想到，是一个很隆重的场合，我手足无措地挽着他的胳膊，浑身不自在。

我不懂得吃西餐的礼仪，不懂得怎样品红酒，尹大志介绍我的时候说："这是小麦，我女朋友，正在考研。"

有女孩子说："长得很像给我们公司送信的邮差妹妹啊！"

我刚想开口，尹大志在餐桌下轻轻握了我的手，他说："她在做兼职，很勤奋的姑娘呢！"我把手重重地抽了出来。

他以为他是在保护我，可是他不明白，他伤害了我。

【我的门铃只按3次，最后一次是告诉你，我来过了】

24岁的时候，我已经不再是邮差。我用两年来靠工作挣来的钱，在街角开了一个报刊亭。

我没有想到会在日报的广告版上看到自己的名字，是一则寻人启事——寻找我的爱人乔麦。

2007年夏天的那个夜晚，尹大志睡得很熟，而我，迅速地搬离了这个城市。上火车之前，我一个人去了影院，是那晚同尹大志一起看的《现在只想爱你》。

尹大志，如果我现在同你讲一个故事，你会不会愿意听？

3年前的我，为了一段爱情歇斯底里，做过最疯狂的事情，是用暖水瓶砸那个第三者。女孩的爸爸是脾气很暴躁的富人，我被他搞得生不如死，当中有一项惩罚是，被校方勒令退学。

我自杀过，吃了50粒安眠药。吃完我很后悔，躺在地板上号啕大哭，直到困倦袭来，我再也发不出声响。那个时候，一位勇猛的邮差撞开了房门。

我得谢谢他，他挽救了我的生命，然后让我可以遇见你。

那天我拼命地踹着门，踹到脚指发肿，我以为我踢开门，看到的会是那个傻乎乎的自己。我很想冲进去，重重地给她两耳光。

然后，我看到了躺椅上你安静的面孔，我流下了眼泪。

我无法抹去自己那段犯傻的从前，可当与你并肩坐在影院里时，我突然决定，我22岁之后的生命里，从此只装你一个人，我的眼，我的心，我的发肤都只刻下你的温度，到老，至死，不渝。

我飞快地翻过寻人启事，眼泪已经把字迹打湿，可我宁愿被你遍寻不获，也不要你从瞧不起我开始，到渐渐习惯了我。那不是爱，爱是何其良知良能的事，一点点不对等，都是鞋子里硌脚的小石子，而我们的一生，要走千里路，奔万里前程。

小麦的门铃只按3次，最后那一次，只是想告诉你，我来过了。你不必开门，让我们彼此怀恋门即将拉开的那一秒，我们曾有过的那份期待。

(京)新登字083号

图书在版编目(CIP)数据
如果爱,请深爱/《知音女孩》编辑部编著. —北京:中国青年出版社,2009.12
(《知音女孩》爱情小小说系列)
ISBN 978-7-5006-9132-7
Ⅰ. ①如… Ⅱ. ①知… Ⅲ. ①小小说—作品集—中国—当代
Ⅳ. ①I247.8
中国版本图书馆CIP数据核字(2009)第233082号

责任编辑:谢慈仪

*

中国青年出版社 出版 发行
社址:北京东四12条21号 邮政编码:100708
网址:www.cyp.com.cn
编辑部电话:(010)64049423 门市部电话:(010)84039659
北京方嘉彩色印刷有限责任公司印刷 新华书店经销

*

700×1000 1/16 11.625印张 335千字
2010年4月北京第1版 2010年4月北京第1次印刷
印数:1—8000册 定价:29.00元
本图书如有印装质量问题,请凭购书发票与质检部联系调换
联系电话:(010)84047104

如果爱

请深爱

如果爱
请深爱